Bernard-Marie Koltès

Quai West

In der Einsamkeit der Baumwollfelder

EVROPA

Seit »Quai West« wird Koltès als einer der wichtigsten französischen Dramatiker gewürdigt. Schauplatz dieses Stückes ist der stillgelegte Teil des Hafens einer »großen westlichen Industriestadt«, ein heruntergekommenes Viertel mit einer verlassenen Lagerhalle, einem Stück leerer Autobahn, einer Mauer, durch einen Fluß von der Stadt getrennt. Es kommen keine Fähren mehr, Strom und Wasser sind abgestellt. Man geht nicht unbewaffnet dorthin, es sei denn, um zu sterben.

»Quai West« enthält Elemente, die rechtfertigen, das Stück »eine Tragödie für unsere Zeit« (D. Nores) zu nennen, während »In der Einsamkeit der Baumwollfelder« dem Handlungsmodus eines kühl kalkulierten *deal* folgt: der »Dealer« und der »Kunde« – die einzigen Figuren des Stücks – führen lange, an den Austausch von Monologen erinnernde »Verhandlungen« über ihre wechselseitige Abhängigkeit.

Einen wesentlichen Teil ihrer Wirkung verdanken die Stücke von Koltès den Orten und der Zeit ihrer Handlung, Orte für Außenseiter, die man für illegitime Handlungen aufsucht und an denen man mit unangenehmen Begegnungen rechnen muß. Zeit ist fast immer die Nacht. Die so bereits im äußeren Handlungsrahmen zum Ausdruck kommende »Unwirtlichkeit der Welt bringt Existenzen hervor, deren Fähigkeit zu zwischenmenschlicher Kommunikation gefährdet ist, deren Bemühungen um Nähe scheitern und deren Beziehungen durch Aggressivität und Gewalttätigkeit geprägt sind. Ihr Verhalten folgt kaum noch allgemeingültigen Regeln, oft ist nicht einmal nachzuvollziehen, von welchen Interessen sie geleitet werden. So wirft Koltès einen pessimistischen Blick auf gesellschaftliche Zustände, in denen die moralischen Normen und die Möglichkeit, durch rationale Analyse zu neuen Normen zu gelangen, abhanden gekommen zu sein scheinen.« *Josef Bessen*

Bernard-Marie Koltès wurde am 9.4.1948 in Metz als Sohn eines Offiziers geboren. Nach kurzem Journalistikstudium ging er zur »Ecole du Théatre National de Strasbourg«, Abteilung Regie. Koltès inszenierte mit einer freien Theatergruppe seine eigenen Stücke. 1973 geht er nach Paris und nimmt 1976, nach einer Phase der Drogenabhängigkeit und Tätigkeit als Schauspieler, seine literarische Arbeit wieder auf. Seit 1980 werden seine Werke auf allen anerkannten Bühnen gespielt. Zwischen 1970 und 1988 unternimmt er längere Reisen nach Nordamerika, Mittel- und Südamerika, Afrika und in die Sowjetunion. Am 15.4.1989 stirbt Koltès an den Folgen von Aids.

Auszeichnungen: Prix du Jeune Talent de la Société des Auteurs et Compositeurs Dramatiques (1981); Preis des Fringe-Festivals in Edinburgh (1982); Prix Ibsen (1984).

Bernard-Marie Koltès

Quai West

Deutsch von Heiner Müller
Nach einer Übersetzung
von Maria Gignoux-Prucker

In der Einsamkeit der Baumwollfelder

Deutsch von Simon Werle

Europäische Verlagsanstalt

Titel der Originalausgabe: Quai Ouest © 1985 by Editions De Minuit
Dans la solitude des champs de cotons © 1986 by Editions De Minuit
7, rue Bernard-Palissy – 75006 Paris

Die Deutsche Bibliothek – CIP-Einheitsaufnahme

Koltès, Bernard-Marie:
Quai West / dt. von Heiner Müller, nach einer Übers. von
Maria Gignoux-Prucker. In der Einsamkeit der Baumwollfelder / dt.
von Simon Werle. Bernard-Marie Koltès. - 2. Aufl. - Hamburg :
Europäische Verlagsanstalt, 1996
(eva-Taschenbuch ; Bd. 84)
Einheitssacht.: Quai Ouest <dt.>
Einheitssacht. des beigef. Werkes: Dans la solitude des champs
de coton <dt.>
ISBN 3-434-46084-5
NE: Koltès, Bernard-Marie: [Sammlung <dt.>]; GT

Umschlaggestaltung: MetaDesign, Berlin
unter Verwendung eines Fotos von Wolfhard Theile, aus der
Inszenierung von »Quai West« am Deutschen Theater Berlin
Herbst 1995
Signet: Dorothee Wallner nach Caspar Neher »Europa« (1945)
Druck und Bindung: Druckerei Wagner, Nördlingen
Printed in Germany
ISBN 3-434-46084-5

Quai West

»Das Ende allen Fleisches ist mir in den Sinn gekommen.«

GENESIS

»I would like to see the shade and tree where I could rest my head.«

BURNING SPEAR

Verfallenes Viertel einer großen westlichen Hafenstadt, vom Zentrum durch einen Fluß getrennt. Hangar, der nicht mehr genutzt wird, am Hafen.

Koch, Maurice, sechzig Jahre; Pons, Monique, zweiundvierzig Jahre; Cecile, sechzig Jahre; ihre Tochter Claire, vierzehn Jahre; ihr Mann Rodolfe, achtundfünfzig Jahre; und Charles, ihr Sohn, sechsundzwanzigjährig. Ein Junge mit dem Beinamen Fak, ungefähr zweiundzwanzigjährig. Und ein Mann um die dreißig Jahre, ohne Namen, den Charles am Anfang zwei oder drei Mal »Abad« genannt hat.

Morgen mit Schneesturm, vor zwei Jahren. Charles, der mit der Fähre aus der Stadt kommt, wird von den Arbeitern, die er jeden Morgen trifft, wenn sie zur Arbeit im Hafen einsteigen, auf eine fremde Gegenwart an der Außenwand des Hangars aufmerksam gemacht. Er geht hin und sieht einen Haufen, halb von Schnee bedeckt, finster und unbeweglich, der ungefähr einem toten oder betäubten Wildschwein gleicht. Als er sich auf zwei Meter genähert hat, erhebt sich die fremde Form plötzlich, groß, dick, von Zittern bewegt, die Augen glänzend und auf dem Kopf eine Mütze aus Schnee. Sie spricht ein paar unverständliche Wörter, so unverständlich, daß sie Charles zum Lachen reizen. Mit den letzten Konsonanten, die wahrscheinlich englisch oder arabisch sind, unterwirft er das Tier einer vorläufigen Taufe. Dann, weil er bei guter Laune ist, zieht er es an einem Arm oder Bein in den Hangar, placiert es in einer Ecke mit Schutz vor dem Schnee. Er legt ein paar Kartons hin, damit es sich warm halten kann, und, nachdem er gesehen hat, wie es in den Boden flieht, mit seinem ganzen Körper einen dicken Rauch ausatmend, entfernt er sich pfeifend.

»Er bleibt stehn, um sich zu orientieren. Plötzlich schaut er zu seinen Füßen hinunter. Seine Füße sind verschwunden.«

Victor Hugo

Mauer aus Dunkelheit.
Lärm eines Automotors, gedämpft, nicht weit.
Auftritt Monique.

MONIQUE
Und jetzt: Wo? Wohin? Wie? Mein Gott! Hier herum? Das ist eine Mauer, man kann nicht weiter gehn; es ist nicht einmal eine Mauer, es ist nichts, vielleicht eine Straße, vielleicht ein Haus, vielleicht sogar der Fluß, oder einfach Gelände, ein großes widerliches Loch. Ich sehe nichts mehr, ich bin müde, ich kann nicht mehr, ich schwitze, meine Füße schmerzen, ich weiß nicht wohin, mein Gott!

Wenn plötzlich jemand auftaucht, oder etwas, aus dem schwarzen Loch. Wer bin ich, hier? Wie sehe ich aus, wenn plötzlich ein Kerl dasteht, eine Bande von Kerlen, hier. Ich will gern versuchen einfach auszusehen, wie ganz normal, aber um diese Zeit, in diesen Kleidern, hier, fein sehe ich aus. Ich höre Geräusche, ich höre Hunde, es wimmelt von wilden Hunden hier, sie kriechen im Schutt. Ich hätte versuchen sollen, mit dem Auto bis hierher zu kommen. Vielleicht könnte man sehn mit dem Licht der Scheinwerfer, wenigstens, was am Boden kriecht.

Wir stehn vor einer Mauer, Maurice, man kann nicht weiter gehn. Sagen Sie mir, was ich tun soll, jetzt, sagen Sie mir, in welches Loch wünschen Sie zu fallen.

Auftritt Koch

KOCH
Ich weiß sehr genau, ich, wo ich bin.

MONIQUE
Sehr genau, sieh an, Sie sind gut, sehr genau, bravo. Helfen Sie sich selbst weiter, wenn Sie alles sehr genau wissen. Ich bin nicht Ihre Mutter, ich bin nicht Ihre Frau, ich bin nicht Ihre Amme; ich habe keine Lust, unsre Haut zu riskieren wegen Ihrer Launen.

KOCH
Riskieren Sie überhaupt nichts, Monique, kehren Sie zurück.

MONIQUE
Zurückkehren? Wie? Ich habe die Autoschlüssel.

KOCH
Ich werde mit meinen eigenen Mitteln zurückkehren.

MONIQUE
Sie? Ihre Mittel? Welche Mittel? Mein Gott! Sie können nicht einmal Auto fahren, Sie können Ihre Linke nicht von Ihrer Rechten unterscheiden, Sie wären unfähig gewesen, dieses elende Viertel allein wiederzufinden, Sie können überhaupt nichts allein.

KOCH
Ich werde ein Taxi rufen.

MONIQUE
Sieh an, ein Taxi, bravo. Suchen Sie ein Telephon hier, suchen

Sie; warten Sie, bis ein Auto vorbeikommt, warten Sie. Mein Gott! Wir sind verloren in diesem widerlichen Loch, und Sie reden von einem Taxi.

KOCH
Es gibt eine Fähre zum neuen Hafen, zweimal am Tag. Ich erinnere mich sehr gut, wo sie anlegt. Sie fährt um 6 Uhr. Ich werde die Fähre nehmen.

MONIQUE
Und ich? Was mache ich? Ich kann Sie nicht allein lassen hier, und ich kann nicht wegfahren, ich bin der Chauffeur, ich habe die Verantwortung, ich habe Sie hierher gebracht. Und Sie, der Sie nichts allein machen können, und Ihr elendes Boot, das es vielleicht gar nicht mehr gibt. Wirklich, ich stehe schön da. Wenigstens hätten sie die Straßenbeleuchtung in Betrieb lassen können, man würde vielleicht etwas wiedererkennen. Es gibt etwas auf dem Boden, schlüpfrig, und ich weiß nicht, was es ist. In meiner Familie, stellen Sie sich vor, hatte ich den Ruf, in der Nacht zu sehn, so daß man es aufgegeben hat, mich im Keller einzusperren, um mir Angst zu machen. Aber soviel Dunkelheit, nein, hab ich noch nie gesehn. Ich hätte nie die Schlüssel im Auto lassen dürfen, es fehlt nur, daß man es uns stiehlt, mein Gott! Zurückkehren, zu Fuß, stundenlang durch dieses Viertel, ohne Licht und kein Wegweiser. Und außerdem, ich spüre, daß man uns beobachtet, Maurice. *(Pause. Lärm des Automotors, sehr weit.)*

Früher gab es Straßenlampen hier; es war ein Stadtviertel, bürgerlich, normal, belebt, ich erinnere mich sehr gut daran. Parks mit Bäumen; Autos, Cafés und Geschäfte, Alte, die über die Straße gehn, Kinder in Kinderwägen; die alten Lagerhäuser des Hafens wurden als Parkings benutzt, manche als Markthallen. Ein Viertel der Handwerker und Rentner, eine ganz normale Welt, unschuldig. Es ist nicht so lange her.

Aber heute, mein Gott! Irgendein Unschuldiger, der sich hierher verliert, am Tag sogar, könnte massakriert werden hier in der hellen Sonne und seine Leiche in den Fluß geworfen, ohne daß jemand auch nur nach ihm sucht.

Schuld sind die niedrigen Mieten. Man hätte die Besitzer ermutigen müssen, die Mieten zu erhöhn, man hätte sie zwingen müssen, die Mieten zu erhöhn. Die Kakerlaken und die Ratten sind hier einmarschiert, wie siegreiche Soldaten, die Besitzer haben die Wände verrotten lassen, die gesprungenen Scheiben sind nicht ersetzt worden, die Alten sind gestorben; und die Geschäftsleute haben schließlich das Viertel verlassen, und all diese Gebäude, Kilometer von Straßen mit Gebäuden eingerahmt, bringen heute keinen Groschen mehr, keinen Pfennig, nichts, keinem, das ist widerlich. Gott weiß, was jetzt hier lebt, Gott weiß, was uns jetzt auflauert hier. *(Pause. Schweigen.)*

Kommen Sie, Maurice; Sie machen den Mund sowieso nicht auf, ich habe keine Lust, den ganzen Abend allein zu sprechen; der Motor läuft, kommen Sie. *(Schweigen, Koch entfernt sich zur Dunkelheit hin.)* Gehen Sie da nicht weiter, Maurice, der Boden ist schlüpfrig, und Sie tragen Ihre Stadtschuhe. *(Langes Schweigen.)* Maurice, Maurice, das ist nicht die Welt der Lebenden hier. *(Schweigen. Koch ist in der Dunkelheit verschwunden.)* Wo sind Sie? Ich sehe nichts mehr. Ich höre nichts mehr. Der Motor! Ich höre das Auto nicht mehr.

Lassen Sie mich nicht allein. Lassen Sie mich nicht allein. *(Man hört den Schlag des Wassers gegen den Stein.)* Maurice!

Eine plötzliche Öffnung in den Wolken beleuchtet flüchtig die riesige Fassade des Hangars und die leere Autobahn, auf die ein schweigsamer Blätterregen fällt; dann kommt die Dunkelheit zurück, und es bleibt das Geplätscher des Wassers an den Mauern.

MONIQUE
Mein Gott!

★

Das Innere des Hangars; die Öffnung auf die Autobahn. Koch tritt auf und stützt sich auf den Pfeiler.

KOCH
Würden Sie mir helfen, bitte, durch diesen Hangar zu gehen und mich an das Ufer des Flusses führen, dahin, wo man eine gute Sicht auf den neuen Hafen hat; wo man die Fähre nimmt? Ich bin viel zu ungeschickt, als daß ich wagen würde, allein zu gehn; und mir helfen, zwei Steine zu finden, damit ich sie in meine Taschen stecken kann? Ich verspreche, das ist alles, was ich verlangen werde.

Seien Sie mir nicht böse wegen meiner Indiskretion, ich bitte Sie; ich werde so wenig Lärm wie möglich machen. Glauben Sie mir vor allem, daß ich unschuldig bin an all dem, was Sie sich vielleicht vorstellen, was jeder Mensch vielleicht gezwungenermaßen sich vorstellt, wenn er einen Mann wie mich hier sieht, in diesem Zustand und zu dieser Stunde, und mit einem Ziel, das niemand erraten kann; ich weiß, man denkt da zehntausend Dinge, und malt sich zehntausend Gründe aus, von denen keiner der richtige ist. Ich bitte Sie, das zu glauben. Aber es ist wahr, daß ich nicht beschuht bin, um hier zu gehn, daß mein Gedächtnis nicht so gut ist, mich in der Dunkelheit zu führen, und daß sich alles so geändert hat außerdem, ich brauche unbedingt jemand, der mir hilft, auf die andere Seite zu gehn; es wird dann vielleicht genug Licht geben, daß ich die Steine selbst finde; dann werde ich mich bei Ihnen bedanken und das wird alles sein.

Das Problem ist, Geld, ich will sagen, flüssiges Geld, Münzen und Scheine, es ist lange her, daß ich dergleichen in der Hand gehabt habe, lange her, Sie wissen, Geld kursiert nicht mehr in Münzen und in Scheinen, wie im Mittelalter, glaube ich, ich verstehe von Geschichte nichts; unter Umständen etwas, um ein Glas in einem Lokal zu trinken oder um Zigaretten zu kaufen, aber da ich aufgehört habe zu rauchen, und Alkohol trinke ich nur selten, habe ich nur Kreditkarten bei mir; ich will Ihnen gern meine Kreditkarten lassen, wenn Sie wissen, wie man sich ihrer bedient, ich weiß, daß es nicht einfach ist; aber wenn Sie es wissen, dann um so besser für Sie; ich, ich pfeife darauf. *(Er geht einige Schritte in das Halbdunkel vor, legt seine Brieftasche auf den Boden, geht wieder zurück.)*

Es ist einige Meter entfernt, vielleicht zweihundert Schritte, der Hangar, ich bin sicher, daß es nicht der falsche ist, die Stelle, an der man die Fähre nimmt, dort will ich hin. Das ist ein redlicher Grund, denke ich, für meine Anwesenheit hier. Auf jeden Fall und überhaupt, Ihnen kann es gleich sein; es ist jedenfalls da, wo ich hin will. *(Er sucht in seinen Taschen.)*

Das Feuerzeug. Es ist ein Dupont, das funktioniert, glaube ich, mit einer Art Nachfüllung, ich verstehe nichts davon, aber es funktioniert. Ich habe es absichtlich mitgenommen; und die Manschettenknöpfe, Gold; und einen Ring. *(Er nimmt den Ring von seinem Finger.)*

Humbug. *(Er geht vor, legt die Gegenstände auf den Boden, geht zurück.)*

Die Uhr, ich habe keine Lust, sie einfach irgendwo hinzulegen; irgendwer könnte darauf treten. Es ist eine Rolex, sie funktioniert mit einer Art Batterie, ich weiß es nicht wirklich, ich verstehe nichts davon, überhaupt nichts; es ist eine der teuersten jedenfalls, und man braucht sie nicht aufzuziehn.

(Er nimmt die Uhr vom Arm.) Glauben Sie mir, diese Uhr, es fällt mir schwer, sie mir abzunehmen. Weil ich es bin, der sie mir gekauft hat, ich ganz allein, ohne Grund, an irgendeinem Tag in Genf, in einem Juweliergeschäft, en passant, nicht wie diesen Ring und alles übrige, Geschenke, Humbug. Deshalb, glauben Sie mir, tut es mir leid, sie auf den Boden zu legen. *(Er streckt die Hand aus. Lärmender Aufflug von Vögeln, ganz in der Nähe.)* Passen Sie auf, ich bitte Sie darum, passen Sie auf, daß Sie nicht darauf treten. *(Er geht vor, legt die Uhr auf den Boden, kommt auf seinen Platz zurück.)*

Jetzt habe ich nichts mehr, helfen Sie mir.

Charles ergreift seinen Arm.

★

CHARLES *(leise)*
Die andern warten auf Sie drüben, auf der andern Seite, wie die Dummköpfe, als ob Sie vom Fluß her kommen würden, in einem Wachboot der Polizei, im hellen Licht; aber ich wußte, daß Sie von hinten kommen würden, aus der Dunkelheit von hinten, die Mauern entlang, wie Verbrecher; ich hätte an eurer Stelle das gleiche gemacht. Vielleicht habt ihr nicht erwartet, hier jemand zu finden, genauso schlau wie ihr; glaubt nicht, daß hier alle so dumm sind. Ihr werdet nichts aus uns herausziehn, nicht einen Fehler, nicht eine Gesetzwidrigkeit, nichts. Nicht aus mir jedenfalls; ich spreche für mich.

Ich wußte es, bevor Sie ausgestiegen sind, ich hatte den Motor gehört, ich habe die Marke erkannt: ein Jaguar, ich erkenne sogar die Idee eines Jaguar, die den Kopf von irgendwem durchquert, deshalb bin ich hier.

Als ich gesehen habe, daß die Fähre nicht mehr hält, habe ich zu den andern gesagt: regt euch nicht auf, vielleicht ist es ein Streik, vielleicht eine Panne, vielleicht ist das Boot zu alt, vielleicht irgendetwas. Aber als die Kleine gekommen ist, während ich schlief und mir gesagt hat: es gibt kein Wasser mehr, habe ich sofort gedacht: also haben sie sich entschlossen, einzugreifen. Ich habe sofort verstanden, ich, daß man das Wasser nicht absperrt, wenn man nicht entschlossen ist, einzugreifen, das ist das letzte Ding, das man absperrt, wegen der Brände, die sich ausbreiten könnten. Und wenn man dazu übergeht, ist man entschlossen, uns auszutreiben bis zur letzten Kellerratte. Aber ihr habt vergessen, daß die Ratten schlauer als die Menschen sind. Ich spreche vor allem für mich.

Die andern, ich habe ihnen gesagt: Nehmt euch in acht, sie haben die Augen auf euch; sie werden auf den geringsten eurer Atemzüge lauern, auf die geringste eurer Bewegungen, auf den geringsten eurer Träume; und sie verdächtigen euch von drüben, von der andern Seite des Flusses; die geringste Gesetzwidrigkeit in einem eurer Atemzüge oder in einem eurer Träume, und sie werden anrücken, sie werden sie dem Schweigen und der Dunkelheit eures Schlupfwinkels ausreißen, eure kleine Gesetzwidrigkeit, sie werden sie düngen und mästen, sie werden ein Verbrechen daraus machen, und sie werden es der ganzen Stadt zeigen, und dann werden sie ihren Grund haben, und wir stehn als Dummköpfe da mit Grund.

(Noch leiser.) Ihr wollt, daß wir den Platz räumen, wie? Man muß mehr Ratte sein als eine Ratte, damit es einem hier gefällt. Es gibt kein Café mehr, keine Kneipe, nicht eine Frau, keine Straße mehr, keinen Strom, kein Boot, kein Wasser. Ich habe eine Arbeit, eine wirkliche Arbeit, die mich im Hafen erwartet ganz normal; einen Platz als Gorilla in einem Club; wann ich es wollen werde. Ich sag es Ihnen, ich habe keinen Grund, Ihnen weh zu tun, ich, ich sage Ihnen, ich habe keinen Grund, Ihnen

nicht zu helfen. Ich habe keinen Grund, mich aufzuregen, ich; ich habe meine Zeit und die Geduld!

Vergessen Sie nicht, mein Lieber, vergessen Sie nicht, was auch passiert, ich bin mit euch einverstanden. Vergessen Sie nicht, Sie sind es, der mich gebeten hat, da hinüber zu gehn; und wenn ich Ihnen helfe, dorthin zu gehn, bin ich nichts andres als mit euch einverstanden. Es ist die Schlaflosigkeit, was alle Welt nervös macht. In der Nacht schläft man nicht, weil man gearbeitet hat, am Tag schläft man nicht mehr, weil man nicht gearbeitet hat; also schläft man nie mehr. Aber ich, ich brauche keinen Schlaf, ich bin nicht nervös, nie. Ich bin mit euch einverstanden, gelassen, aus Prinzip. Deshalb habe ich auf Sie gewartet hier, entlang der Mauern, in der Dunkelheit, von hinten, wie ein Verbrecher; aber jetzt schon kann ich euch sagen, daß ihr eure Zeit verliert, ihr werdet hier nichts entdekken. Schaut um euch, ihr werdet nichts finden; sucht in den Ecken, grabt am Boden, wühlt in den Köpfen; da ist kein Rest, kein Schatten von einem Traum, nirgendwo. Nur die reine Weisheit.

Er führt Koch durch den Hangar.

★

»Wer bist du? Du, der den Teufel gesehn hat, wer bist du? Ich versuche es zu sagen: Ich ging eines Nachts durch den großen Garten, mit der Schultasche auf dem Rücken, heim, ich sah einen Mann unter der Straßenlampe, den Rücken mir zugewandt, ich näherte mich ihm, er drehte den Kopf, nur den Kopf, seine Haut war rosa und geschält, er hatte blaue Augen, ich habe meine Tasche fallen lassen und bin geflüchtet, rennend bis nach Hause, ich versuchte es zu sagen; wer bist du? Die Zeit, die eine Ameise braucht, um von den Füßen bis zu den Haaren zu gehn, braucht eine Idee, um in meinen Geist zu kommen, aber ich versuche es zu sagen: Eine Nacht stand mein Vater auf, wie er aufstand für meine Brüder, wenn sie husteten und zitterten vom Fieber, und ich hustete nicht und ich hatte kein Fieber, aber er hat mich angesehn, am Morgen bat er die Frauen, daß sie mich nicht mehr ernährten und daß ich nicht mehr unter demselben Dach wohne wie meine Brüder; dann entriß er mir meinen Namen und warf ihn in das Wasser des Flusses mit den Abfällen, ich versuche es zu sagen; Kinder kommen auf die Welt ohne Farbe, geboren für den Schatten und die Verstecke, mit weißen Haaren und weißer Haut und Augen ohne Farbe, verurteilt zu laufen vom Schatten eines Baumes zum Schatten eines anderen Baumes und am Mittag, wenn die Sonne keinen Teil der Erde verschont, sich in den Sand zu flüchten; für sie schlägt ihr Schicksal die Trommel wie die Pest, die Schellen klingen läßt, und die Welt fügt sich; die andern, in ihren Herzen wohnt ein Tier, das bleibt verborgen und spricht erst, wenn das Schweigen um sie herrscht; das faule Tier, das sich streckt, wenn alle schlafen, und anfängt am Ohr des Menschen zu nagen, daß er sich seiner erinnere, aber je mehr ich es sage um so mehr verstecke ich es, deshalb werde ich nicht mehr versuchen, frag mich nicht mehr, wer ich bin.« sagt Abad.

Der Hafendamm. Über dem Fluß treibt leichtes weißes Licht.
Auftritt Charles.
Sirene eines Bootes, entfernt, gedämpft.
Auftritt Koch. Aufflug von Vögeln.

KOCH *(leise)*
Ich habe Angst.

CHARLES *(leise)*
Warum?

KOCH
Ich habe Angst. Ich weiß nicht warum.

CHARLES
Du hast deine Waffe?

KOCH
Eine Waffe? Nein. Warum?

CHARLES
Ein Polizist käme nicht in ein Loch wie dieses ohne seine Waffe.

KOCH
Ich bin kein Polizist.

CHARLES
Beamter?

KOCH
Nein.

CHARLES
Detektiv?

KOCH
Nein.

CHARLES
Was also?

KOCH
Nichts, normal, eine Privatperson.

CHARLES
Wenn das wahr ist, hast du recht, Angst zu haben.
(Sehr leise) Sind das Weston?

KOCH
Was?

CHARLES
Deine Schuhe.

KOCH
Ich kaufe mir meine Schuhe nicht selbst.
(Noch leiser.) Wer ist das?

CHARLES
Wer?

KOCH
Der da, im Schatten, der mich ansieht?

CHARLES *(noch leiser)*
Werde nicht nervös. Hast du eine Waffe?

KOCH
Nein, ich habe es Ihnen schon gesagt, nein.

CHARLES
Niemand käme hierher ohne Waffe, ohne Grund.

KOCH
Ich habe meinen Grund.

CHARLES
Also hast du eine Waffe.

KOCH
Nein.

CHARLES
Wenn das wahr ist, hast du einen Sprung, mein Lieber.

Charles geht zu Abad hin. Abad und Charles sprechen einander in die Ohren. Charles kommt zu Koch zurück.

CHARLES *(Zu Koch)*
Er will wissen, wen Sie suchen.

KOCH
Niemand.

CHARLES
Was tun Sie also hier?

KOCH
Sterben, ich bin hier, um zu sterben.

CHARLES *(leise)*
Wer ist es, der deinen Tod will?

KOCH
Niemand. Ich.

CHARLES
Warum?

KOCH
Es ist persönlich, eine Geldgeschichte. Ich muß Rechnung legen für Geld, das man mir anvertraut hat, und, nun ja, dieses Geld gibt es nicht mehr. Was soll ich Ihnen sagen, es handelt sich um heiliges Geld. Ich kann nicht vor dem Verwaltungsrat erscheinen. Eine Sache der Reputation, wenn Sie wollen. Meine Reputation fällt ins Wasser. Ich pfeife darauf, daß sie baden geht, aber den Kopfsprung will ich nicht sehn.

CHARLES *(leise)*
Das ist kein guter Platz hier, um vor dem Gefängnis zu fliehn.

KOCH
Ich flüchte vor keinem Gefängnis, wer spricht von Gefängnis? Können Sie sich vorstellen, die Ordensschwestern werden einen ehrbaren Mann, dem sie vertrauensvoll die Verwaltung ihres Geldes angeboten haben, vor den Richter schleppen? Ich habe ganz einfach weder das Alter noch die Lust, meine Persönlichkeit zu restaurieren.

CHARLES *(leiser)*
Warum verschwindest du nicht ins Ausland, mit diesem Geld?

KOCH
Welches Geld? Ich sage Ihnen, ich weiß nicht, was daraus geworden ist. *(Nach einer Zeit:)* Es gelingt mir nicht, mich zu erinnern. In den Tag hinein, vielleicht. Ein bißchen abheben an

einem Tag, ein bißchen an einem andern Tag, vielleicht. Ich erinnere mich nicht an große Ausgaben. Ich lebe durchschnittlich. Ich erinnere mich an keine Verrücktheit, die letzten Jahre. Man darf einfach, wenn man in Pension geht, keinen Job als Verwalter annehmen in wohltätigen Vereinen, wo niemand ein Auge auf einen hat.

CHARLES *(nach einer Zeit, zu Abad)*
Er ist mit dem Auto gekommen. Er ist kein Polizist. Er hat keine Waffe. Er hat keinen gültigen Grund. Er hat einen Sprung.

Abad spricht ins Ohr von Charles, der zu Koch zurückgeht.

CHARLES
Er will wissen, warum du deine dreckigen Geschäfte hier erledigen willst.

KOCH
Ich habe dieses Stadtviertel gekannt, früher. So, wie ich mich gekannt habe, früher. Ich suchte einen Ort, der mir ähnlich ist. Ich will nur, daß man mich zum Fluß gehn läßt, daß man mich zwei Steine aufheben läßt. Ich werde überhaupt keinen Lärm machen. Ich will nicht, daß man mich schlägt, daß man mir weh tut. Ich habe nichts mehr zu geben.

CHARLES
Bist du allein gekommen?

KOCH
Ja. Nur eine Frau ...

CHARLES
Eine Frau?

KOCH
Sie fährt das Auto. Sie ist noch da hinten, bestimmt.

CHARLES
Das ist alles?

KOCH
Das ist alles.

CHARLES *(plötzlich)*
Gibt es einen Streik im Hafen?

KOCH
Streik? Ich weiß nichts davon, ich, was reden Sie mir von Streik? Es gibt immer Streiks, vermute ich. Außerdem wohne ich auf der anderen Seite der Stadt, ich kümmere mich nicht darum, was im Hafen passiert, und ich stecke die Nase nie hinaus.

Abad und Charles sprechen miteinander, lange, ins Ohr.

CHARLES *(zu Koch)*
Er will nicht.

KOCH
Warum?

CHARLES
Er sagt, ein Toter hier würde die Polizei anlocken.

KOCH
Humbug. Die Sache wird erstickt. Soll ich ein Wort schreiben, das Sie reinwäscht? Sie geben das dann dieser Frau.

CHARLES
Er will nicht.

KOCH
Sagen Sie ihm, mit zwei Steinen in meinen Taschen wird mein Körper am Grund kleben, niemand wird etwas von mir sehn.

CHARLES
Er weigert sich.

KOCH
Bitten Sie ihn.

CHARLES
Nein. *(Leise:)* Was gibst du mir, als Tausch?

KOCH
Ich habe Ihnen schon alles gegeben. Und Sie haben nicht einmal die Uhr aufgehoben.

CHARLES
Ich hebe nichts auf, ich ...

KOCH
Nehmen Sie das Auto.

CHARLES
Du hast mir kein Geld gegeben.

KOCH
Ich habe Ihnen meine Kreditkarten gegeben.

CHARLES
Kein Geld.

KOCH
Aber das ist Geld, das; ich kenne keine andre Form von Geld.

CHARLES
In deinen Taschen.

KOCH
Ich habe meine Taschen geleert. Nehmen Sie meine Jacke, wenn Sie wollen, und lassen Sie mich in Frieden mit Ihrem Geld. Was wollen Sie denn? Hundert Francs da und hundert Francs dort, Alkohol und Zigaretten, Humbug. Scheine und Münzen, das ist das Geld der Armen, das Geld der Wilden. Meine Kreditkarten sind Geld, und meine Rolex, und mein Auto. Zwei Straßen von hier ist es geparkt. Sagen Sie mir nicht, daß ein Auto kein Geld ist.

CHARLES *(zu Abad)*
Er antwortet nicht auf die Fragen. Er hat einen Sprung...

Koch nähert sich dem Wasser, hebt zwei Steine auf.
Charles nähert sich ihm, hält ihn an der Jacke zurück.

CHARLES *(zu Koch, sehr leise)*
Du willst es wirklich tun?

KOCH
Ja.

CHARLES
Warum? Du hast alles, was du willst, du kannst gehn, wohin du willst. Du hast Zaster, ich rieche ihn, deinen Zaster, der Geruch sticht in meine Augen. Warum willst du es tun?

KOCH
Lassen Sie mich los.

CHARLES
Und die Schlüssel?

KOCH
Sie sind im Auto, glaube ich.

CHARLES
Und die Frau?

KOCH
Machen Sie das mit ihr aus.

CHARLES
Und deine Schuhe?

KOCH
Ich behalte sie. *(Charles läßt Koch los.)*

Charles schaut zu Abad, Abad schaut zu Koch, Koch steckt die zwei Steine in seine Taschen.

★

»Am zweiten Tag, kurz nach der Morgendämmerung, als er auf seiner Liege ausruhte, kam sein Gehilfe, um ihn zu informieren, daß eine fremde Flotte in die Bucht einfuhr.«

Melville

Die Autobahn, in der Nacht, mit dem Geräusch des Wassers gegen die Mauern.
Auftritt Fak, gefolgt von Claire.
Sie bleiben vor der Tür des Hangars stehen.

FAK
Du bist bis hierher gekommen, jetzt geh da hinein.

CLAIRE
Es ist viel zu dunkel da drinnen, um hinein zu gehn.

FAK
Drinnen ist es nicht dunkler als hier.

CLAIRE
Nun eben, hier ist es ganz dunkel.

FAK
Es ist nicht ganz dunkel hier, weil ich dich ja sehe.

CLAIRE
Und ich, ich sehe dich nicht, für mich ist es also ganz dunkel.

FAK
Wenn du da hineingehst mit mir, werde ich mit dir über etwas sprechen, und bei etwas, über das ich mit dir sprechen werde, wenn wir beide da hineingehen.

CLAIRE
Ich kann nicht mit dir hineingehen für etwas, mein Bruder würde mich schlagen.

FAK
Dein Bruder wird es nicht wissen.

CLAIRE
Auch wenn er es nicht wissen wird, ich will nicht gehen.

FAK
Warum bist du mir dann gefolgt bis hierher?

CLAIRE
Ich bin hierher gekommen, nur um Luft zu schnappen, weil ich zuviel Kaffee getrunken habe, weil es zu heiß war bei mir, nicht um überhaupt etwas mit dir zu machen.

FAK
Ich verlange nicht von dir, etwas zu machen, du sollst nur machen lassen; ich mache, daß du da hineingehst, und ich kümmere mich um alles.

CLAIRE
Es ist zu dunkel da drinnen, ich bin zu klein, und ich habe Angst.

FAK
Es gibt Löcher in der Decke und in den Wänden, es ist weniger dunkel drinnen wegen der Lichter vom Hafen auf der anderen Seite.

CLAIRE
Und wie kann ich es genug wissen, um keine Angst zu haben, ich?

FAK
Du brauchst nur die Augen zuzumachen, so geht das.

CLAIRE
Das ist dumm; wenn ich die Augen zumache, ist es ganz dunkel.

Fak

Wenn du die Augen zumachst, dunkel oder nicht dunkel, kannst du tun, als ob Licht wäre, du hast einfach die Augen zu, ich führe dich, wir beide gehen da hinein, du machst sie auf, wenn ich es dir sage, und es ist auch nicht notwendig, sie jemals wieder aufzumachen.

Claire

Wenn es wenigstens ein Licht in der Straße gäbe, könnte ich die Tür sehen, und ich könnte sagen, ich gehe hinein, oder ich gehe nicht hinein, aber jetzt sehe ich nicht einmal die Tür, und ich kann nicht sagen, ob ich will oder ob ich nicht will. Ich glaube, daß ich nicht will, weil ich die Tür nicht sehe, so daß, wenn ich nicht wüßte, daß es eine gibt, weil ich sie jeden Tag sehe, wenn es hell ist, wüßte ich nicht einmal, daß es eine gibt, und wenn du, du nicht mit mir sprechen würdest, wüßte ich nicht einmal, daß du oder jemand da ist, und zuletzt habe ich nur noch Angst.

Fak

Man soll nicht zu lange Zeit Angst haben und man muß einmal aufhören, klein zu sein.

Claire

Und außerdem weiß ich genau, warum du willst, daß ich da hineingehe; und deshalb, ich will es nicht, denn ich weiß sehr genau, worum es sich handelt.

Fak

Wenn du noch klein bist, kannst du nicht sehr genau wissen, warum ich will, daß wir beide da hineingehen, und wenn du sehr genau wüßtest, warum wir hineingehen, bist du nicht mehr so klein, mach nicht so viele Geschichten, geh hinein, und Schluß.

Claire
Vielleicht weiß ich es nicht ganz genau, weil ich noch ein bißchen klein bin, aber ich bin sicher, daß es keine sehr guten Sachen sind, denn mein Bruder würde mich schlagen, wenn er mich jetzt mit dir sähe.

Fak
Wie könntest du von diesen Sachen da sagen, daß sie nicht sehr gut sind, wenn du überhaupt nicht weißt, wie es ist?

Claire
Ich weiß vielleicht nicht, wie es ist, weil ich noch klein bin, aber es ist nicht so, weil ich noch ein ganz kleines bißchen klein bin, daß du mir irgend etwas sagen kannst und ich es schlucken werde.

Fak
Aber wie, bitte, kannst du wissen, wie gut oder wie nicht gut es ist, da du noch nie diese Sache mit irgend jemand versucht hast? Und wenn du versucht hättest und du sagen würdest: Das ist überhaupt nicht gut, würde ich sagen: Macht nichts, wir gehen nicht hinein, aber weil ich weiß, daß du nicht sagen würdest: Das ist überhaupt nicht gut, wenn du es versucht hättest, sondern du würdest sagen: Das ist absolut gut, und gingst da hinein ohne Geschichten zu machen, weiß ich, daß du nichts weißt, daß man vorher versuchen muß, und erst nachher kann man sagen: Ich weiß.

Claire
Warum fängst du also nicht hier an, mir zu sagen, was du mir gesagt hast, daß du mir zu sagen hättest.

FAK
Nicht hier, drinnen werde ich es dir sagen, und ich werde dir etwas geben, danach.

CLAIRE
Was?

FAK
Ich gebe es dir, danach.

CLAIRE
Ich sage nicht, daß ich nicht dort hineingehen werde, vielleicht, eines Tages, im Fall, daß jemand sehr sehr Hübscher eines Tages mir sagt: Geh hinein; aber das Problem daran ist, dich, dich kenne ich, ich sehe dich jeden Tag, und wenn es auch jetzt dunkel ist, erinnere ich mich ganz genau wie du bist; also, ohne es dir sagen zu wollen, denn ich weiß, daß es nicht sehr nett wäre, kann man nicht sagen, daß du so hübsch bist, daß ich sagen würde: Einverstanden, ich gehe mit dem da hinein, und ich lasse alle anderen fallen.

FAK
Die Wahrheit ist, daß du nicht wissen kannst, ob ein Junge hübsch ist oder nicht hübsch, du kannst nichts über einen Jungen wissen.

CLAIRE
Wieso, bitte, kann ich es nicht wissen? Das ist stark. Ich kann die Leute anschauen und sagen: Er ist hübsch oder: Er ist nicht hübsch. Es ist doch nicht deine Sache zu sagen: Ich bin sehr sehr hübsch, das wäre zu leicht. Im Leben sind es die andern, die von einem sagen: Er ist hübsch oder nicht, sonst wäre es viel zu leicht, so ist das. Jeden Tag sehe ich Leute, und ich bin keine

Idiotin, ich kann aussuchen und sehr wohl sagen: Mit dem da würde ich hineingehen, mit dem da nicht.

FAK
Du wirst nicht immer die Jungen anschauen können wie ein kleines Mädchen, und im Augenblick weißt du nicht einmal, wo man einen Jungen anschauen muß und wie; nachdem du versucht haben wirst, wirst du sagen: Welche Idiotin war ich, zu sagen, daß dieser Junge da hübsch ist, und er war es nicht, und daß dieser Junge da nicht hübsch ist, und jetzt weiß ich, daß er es war.

CLAIRE
Wenn ich hineinginge, nun, was hast du gesagt, daß du mir geben würdest?

FAK *(die geschlossene Faust hinstreckend)*
Ein Feuerzeug.

CLAIRE
Ich rauche nicht einmal.

FAK
Es ist aus Gold, mit Anfangsbuchstaben. (Er zeigt es.)

CLAIRE *(die Hand ausstreckend)*
Also gut, einverstanden, ich nehme.

FAK
Ich gebe es dir, wenn du mit mir da hineingehst.

CLAIRE *(ihre Hand zurückziehend)*
Also nein, ich nehme nicht. Wenn man etwas gibt, gibt man es, und Schluß, man verlangt nichts anderes dafür.

FAK
Genau, ich verlange nichts.

CLAIRE
Wie das, du verlangst nichts? Das ist zu stark.

FAK
Ich verlange nicht von dir zu sagen: Ja, ich gehe mit dir da hinein, ich verlange von dir, nicht zu sagen: Nein, ich werde nicht mit dir da hineingehen; ich verlange also von dir, etwas nicht zu machen, aber wenn du nicht hineingehst, machst du etwas, du verweigerst, und ich, ich habe nicht von dir verlangt, das zu machen, im Gegenteil.

CLAIRE
Mein Bruder wird mich schlagen.

FAK
Niemand wird es wissen.

CLAIRE
Eine Dame steht hinter dir, die uns anschaut.

Fak dreht sich um. Monique ist da.

★

MONIQUE
Haben Sie den Plumps gehört? Ich bin fast sicher, ich habe den Plumps eines Menschen gehört, der ins Wasser fällt. *(Sich plötzlich Fak nähernd:)* Er ist es, Maurice, sein Feuerzeug, was

haben Sie mit ihm gemacht? *(Man hört den Fall eines Körpers ins Wasser, auf der anderen Seite des Hangars.)*

Mein Gott! Ich wußte es. *(Sie stürzt sich auf Claire.)* Sei ein nettes kleines Mädchen, zeig mir den Weg, ich muß ihn da herausholen. Das Wasser muß eiskalt sein, und schmutzig, und voll Schmieröl, und er kann nicht schwimmen. Man sieht nichts, ich bin verloren, führe mich. *(Fak lacht.)* Nimm, da ist Geld, ich gebe dir Geld, und ich werde dir noch mehr geben. *(Fak lacht.)* Kleine Dumme. Ich werde dir überhaupt nichts geben. *(Sie geht in eine Richtung weg.)*

CLAIRE
Es ist nicht dort, überhaupt nicht.

MONIQUE
Du willst dich bitten lassen, das ist abscheulich. *(Sie geht in eine andere Richtung.)*

CLAIRE
Es ist auch überhaupt nicht dort.

MONIQUE
Warum bist du so gemein mit mir? Was habe ich dir getan? Warum bist du so dumm? Zeig mir den Anfang des Weges, nur die Richtung, zeig mir wenigstens ein Stück von der Richtung.

CLAIRE
Nimm meinen Schuh. *(Sie streckt ihr ihren Schuh hin.)*

MONIQUE
Ich scheiße auf deinen Schuh.

CLAIRE
Dann zeige ich dir den Weg nicht.

MONIQUE
Gib, gib mir deinen Schuh. *(Sie nimmt ihn.)* Was soll ich damit machen, mein Gott! Beeile dich, ich habe es eilig.

CLAIRE
Wenn du es so eilig hast, kann ich dich nicht führen, ich kann mit einem Schuh nicht laufen.

MONIQUE
Mein Gott! *(Sie stürzt sich auf Fak.)* Helfen Sie mir, Monsieur. *(Claire lacht.)* Ich werde nichts sagen wegen des Autos. Ich weiß, Sie haben die Schlüssel genommen, aber ich werde nichts sagen. Wir werden zu Fuß zurückgehen, ich werde schon zurechtkommen. Aber wenigstens bringen Sie mich zu ihm, daß ich ihn aufsammeln kann. *(Fak hält ihr die Hand hin.)* Ich wußte es; Sie sehen gut aus, unglaublich gut; Sie werden für diesen Dienst bezahlt werden. *(Im Augenblick, als sie durch die Tür des Hangars geht, wo Fak sie hinführt:)* Es ist viel zu dunkel da drinnen, ich will nicht da durchgehen, ich bin sicher, es gibt einen anderen Weg.

FAK
Es gibt Löcher im Dach, und die Lichter vom Hafen auf der anderen Seite; es gibt keinen anderen Weg.

MONIQUE
Ah, nein, bitte, halten Sie mich nicht für ein kleines Dummchen. *(Man hört einen zweiten Fall eines Körpers ins Wasser.)* Diesmal ist es zu spät, er ist verloren. *(Zu Fak)* Kleiner Idiot, mit dem Kopf, den Sie aufhaben, werden Sie nicht einen Kilometer machen in diesem Auto, ohne daß die Polizei Sie aufhält. Oder Sie müßten Ihren Kopf vollkommen ändern, oder mir auf der Stelle die Schlüssel geben, bevor ich Geschichten mache.

(Sie fängt an zu weinen.) Soll er doch krepieren, soll er ersaufen, soll sein Bauch anschwellen, soll er sich von den Fischen auffressen lassen, soll er eine Alge werden, eine Auster, ich scheiße darauf. Ich habe seine Dummheiten satt.

Auftritt Koch, durchnäßt, getragen von Charles.

MONIQUE
Mein Gott! *(Zu Claire)* Steh nicht herum wie eine Chinavase, kleines Dummchen; du siehst doch, daß er ganz durchnäßt ist. Geh mir Handtücher holen. *(Zu Fak)* Geben Sie mir die Schlüssel, beeilen Sie sich, ich habe nicht die Absicht, in diesem Loch zu verschimmeln, bevor es Tag wird. *(Zu Charles)* Lassen Sie ihn los, Sie.

CHARLES *(zu Monique)*
Er hat sich den Knöchel gebrochen.

MONIQUE *(zu Charles)*
Idiot. Geben Sie ihn mir. *(Zu Claire)* Nun was?

CLAIRE *(zu Monique)*
Ich kenne Sie nicht, ich weiß nicht, warum ich Ihnen dienen soll wie eine Magd.

CHARLES *(zu Claire)*
Claire, beeile dich.

MONIQUE *(zu Claire)*
Und ein Hemd auch, um Verbände zu machen.

CHARLES *(zu Claire)*
Was hast du mit deinem Schuh gemacht?

Monique *(zu Claire)*
Beeil dich. Wir warten.

Claire
Schau. *(Sie lacht, zeigt auf den Himmel, der Tag bricht plötzlich an.)*

Koch wird in den Armen von Monique ohnmächtig. Charles nähert sich Fak, stößt aber auf Claire, die ihn wegführt.

★

Am Hangar. Rosa Licht der Morgendämmerung. Fak schaut auf Claire und Charles, von weitem, vortäuschend, sie nicht zu sehen.

Claire *(Charles am Arm zurückhaltend)*
Ist es wahr, daß du abhaun willst mit diesem Auto, ohne Nachricht, ohne Adieu weg von Mutter, Vater und allen, ohne Adieu?

Charles
Laß mich in Ruhe, ich habe keine Zeit, mit dir zu sprechen.

Claire
Keine Zeit, keine Zeit. Du hast nichts zu tun und sagst: Keine Zeit.

Charles
Ich bin sehr beschäftigt, ich kann nicht mit dir sprechen.

CLAIRE
Dann laufe ich und sage Mama, daß du dich auf französisch empfiehlst mit diesem Auto, und es wird ein schreckliches Drama sein.

CHARLES
Ich habe nicht gesagt: Ich fahre mit diesem Auto weg, ich habe nicht einmal gesagt: Ich fahre weg; ich habe überhaupt nichts gesagt, und du bist zu klein.

CLAIRE
Ich bin schon nicht mehr klein, ich habe gestern früh angefangen Kaffee zu trinken und weiter bis zum Abend. Noch nie hatte ich eine ganze Nacht nicht geschlafen. Wie machst du das, ohne Anstrengung nie schlafen, weder am Tag noch in der Nacht?

CHARLES
Am Tag hält mich das Licht wach und in der Nacht, weil es dunkel ist, muß man die Augen weit aufmachen, wenn man sehen will, was passiert, und man kann mit offenen Augen nicht schlafen.

CLAIRE
Meine schließen sich die ganze Zeit. Ich will eure Geheimnisse kennen. Nimm mich mit, Charlie. Ich will nicht allein hier bleiben, ich will mich nicht allein um Mama kümmern; warum müssen es immer die Mädchen sein, die die Arbeit haben, während die Jungen nichts tun und abhaun mit Autos, und lachen dabei? Wenn ihr wegfahrt, will ich mit euch wegfahren.

CHARLES
Wer spricht von wegfahren? Ich habe kein Auto.

Claire *(auf Fak zeigend)*
Und der da, der die Schlüssel hat, und der auf dich wartet? Ich kenne deine Geheimnisse.

Charles
Er wartet nicht auf mich. Was ich habe, gehört nicht ihm, und was er hat, gehört nicht mir. Du kennst überhaupt nichts.

Claire
Doch, doch, ich kenne euch; ihr seid wie Hunde, ihr prügelt euch herum, aber zuletzt leckt ihr euch immer den Arsch.

Charles
Beeil dich, Claire, geh nach Hause, ich kann nicht mit dir sprechen, ich bin zu beschäftigt.

Claire
Beschäftigt, du? Und du arbeitest nicht einmal mehr, und Mama sagt, daß die Not den Flur überschritten hat und jetzt an unserer Tür ist; und bald wird sie auf dem Küchentisch sein. Die Mädchen haben mir erzählt, daß die Not und das Unglück die Mädchen dick macht, aber ich will nicht dick sein; also habe ich beschlossen, nicht mehr zu schlafen, bis ich ein ruhiges Herz habe.

Charles
Du brauchst dich nicht aufzuregen, du bist mager, du hast noch nicht genug Unglück.

Claire
Wenn du weggehst, wie soll ich mich verteidigen, ich, ganz allein?

CHARLES
Jeder muß lernen, sich selbst zu verteidigen, allein.

CLAIRE
Lern du es mir; ein Bruder muß es seiner Schwester lernen.

CHARLES
Ich habe keine Zeit, es dir zu lernen.

CLAIRE
Also ist es wahr, daß du dich auf französisch empfehlen willst, mit diesem Auto. Ich laufe und sage Mama, daß du abhaust, ich werde ein Drama machen, ich will ein Drama, ihr werdet nicht abhaun ohne Drama, oder ich will mit euch wegfahren. Ihr macht mich wütend, die Jungens, die unter sich lachen, machen mich wütend, alles macht mich wütend, diese alte Karre macht mich so wütend! Ich werde Kaffee trinken, bis ich davon sterbe. Ist es sehr, sehr lange, bis man lernt, sich allein zu verteidigen?

CHARLES
Ziemlich lange, ja, sehr, sehr lange.

CLAIRE
Also fang an, es mir zu lernen, wir haben gerade noch Zeit.

CHARLES
Ich bin gut genug, um mich zu verteidigen, nicht um es jemand zu lernen.

CLAIRE
Ich will nicht, daß wir uns adieu sagen.

Charles
Es ist nichts Großes. Eines Tages werde ich nicht mehr hier sein; du wirst dich an den letzten Ort, wo du mich gesehen hast, erinnern, du wirst kommen, um mich dort zu finden, und ich werde nicht da sein, und das wird alles sein.

Claire
Ich will nicht adieu sagen.

Charles
Beeil dich, hol die Handtücher, um die man dich gebeten hat.

Claire läßt Charles los. Charles nähert sich Fak. Claire schaut sie an, aus der Ferne, vortäuschend, sie nicht zu sehen.

★

Charles
Ich werde sie schlagen.

Fak
Warum willst du sie schlagen?

Charles
Weil sie dir nachgegangen ist.

Fak
Es ist nicht sie, die mir nachgegangen ist, ich bin ihr nachgegangen.

CHARLES
Ich werde sie trotzdem schlagen! Ein Mädchen hat auf der Straße nichts verloren in ihrem Alter.

FAK
Es ist, weil sie zu viel Kaffee getrunken hat.

CHARLES
Sie hat keinen Kaffee zu trinken in ihrem Alter.

FAK
Sie ist nicht so klein, daß sie keinen Kaffee trinken könnte. Du bist ihr Bruder, deshalb siehst du nicht, daß sie nicht so klein ist, überhaupt nicht, weit entfernt davon, für den Kaffee auf jeden Fall.

CHARLES
Eben, ich, ich sehe genau das Alter, das sie hat, deshalb sage ich, sie hat nicht hinauszugehen in der Nacht, sie ist nicht mehr klein genug dafür, ich werde sie schlagen, weil sie dir nachgegangen ist.

FAK
Ich bin es, der ihr nachging, ich schwöre es.

CHARLES
Dann, dann werde ich sie schlagen, weil sie dich auf die Idee gebracht hat, zu tun, was du getan hast.

FAK
Ich habe überhaupt nichts getan.

CHARLES
Du bist ihr nachgegangen.

FAK
Wenn es Nacht ist, wie weiß man, wer wem nachgeht, man findet sich einfach gegenüber, ohne zu wissen, warum oder wer wem gegenüber ist.

CHARLES
Du hast die Absicht gehabt, daß sie da hineingeht.

FAK
Ich habe keine einzige Absicht gehabt, ich schwöre es; ich redete nur, weil in der Nacht, zufällig, sind wir uns gegenüber gestanden, man mußte reden, um nicht dumm auszusehen.

CHARLES
Und du hast die Hand auf sie gelegt.

FAK
Ich habe überhaupt nichts gelegt. Kaum berührt, vielleicht, und wenn doch, es ist nicht sicher, weil, man sah nichts.

CHARLES
Bis wohin hast du sie gelegt?

FAK
Vielleicht bis dahin, nirgendwo anders hin auf jeden Fall, ich konnte genug sehn, um zu wissen, bis wohin ich sie gelegt habe.

CHARLES
Ich will weder, daß du deine Hand irgendwo hinlegst, noch daß du ihr nachgehst, noch daß du die Absicht hast, sie da hineinzubringen in der Nacht, ohne mir zu sagen, daß du die Absicht hast, damit ich dir sagen kann, ob du sie weiterhin haben darfst

oder nicht. Sie ist viel zu klein, um selbst eine Absicht zu haben und um sich in acht zu nehmen und um dich antanzen zu sehen, so wie ich weiß, daß du die Gewohnheit hast anzutanzen, gleitend wie ein kleiner Drache, und du redest von etwas mit etwas anderm im Kopf, ich kenne deine Technik; aber nachher wäre es zu spät, und es wird an mir sein, sie zu trösten, ich schlage sie lieber vorher, wenn ich je die geringste Absicht errate, die du hast, ohne mich sofort zu fragen, ob du sie haben darfst und sie behalten.

FAK
Ich schwöre dir, daß ich nie eine Absicht haben werde, ohne dich zu fragen, ob ich sie behalten darf. Im Augenblick habe ich den Kopf ganz woanders.

CHARLES
Du schwörst, daß du es mich fragen würdest?

FAK
Sicher schwöre ich.

CHARLES
Worauf bist du bereit zu schwören?

FAK
Auf was du willst, daß ich schwöre, schwöre ich.

CHARLES
Ich sehe nicht worauf, ich kenne nichts, worauf du schwören könntest und was für mich zählt, und worauf ich dich schwören machen könnte und was für dich zählt.

FAK
Wenn du es gefunden haben wirst, sagst du es mir.

CHARLES
Nun gut, zum Beispiel, ich schwöre es, sagen wir, auf die Schlüssel des Jaguar, die du in deiner Tasche hast.

FAK
Ich schwöre es darauf. *(Er steckt die Hand in seine Tasche.)*

CHARLES
Ich weiß nicht, worauf du geschworen hast.

FAK
Da du weißt, daß die Schlüssel in meiner Tasche sind, weißt du auch, worauf ich geschworen habe, und daß es etwas ist, was für mich und für dich zählt.

CHARLES
Nimm sie trotzdem aus deiner Tasche, versuche keinen Dreh mit mir.

FAK
Ich versuche überhaupt nichts, ich nehme sie nicht heraus, das ist alles.

CHARLES
Also fifty-fifty.

FAK
Fifty was? Ich verlange nichts von dir, ich.

CHARLES
Du bist ihr nachgegangen, du hast deine Hand auf sie gelegt, du hast die Absicht gehabt, ohne mich zu fragen: Ich werde sie schlagen.

FAK
Du bist ihr Bruder, sie ist klein, es ist normal, daß du sie schlägst; so wird sie nicht in irgendeine Richtung wachsen. Ich sage nichts anderes, ich bin nicht ihr Bruder.

CHARLES
Versuch nicht, mich vergessen zu machen, wovon wir sprechen. Ich kenne deine Technik.

FAK
Du kennst nichts von meiner Technik. Wir sprechen davon, ob ich die Absicht haben kann, wenn sie mir kommt, meine Hand zu legen, wohin ich will, und sie dort liegen zu lassen, und die Absicht hineinzugehen, mit wem ich will und wo ich will, ohne es jemandem sagen zu müssen und niemand zu fragen und nichts.

CHARLES
Meiner Meinung nach darfst du es. (*Er streckt die Hand aus.*)

FAK
Und daß ich die Absicht behalten darf, z. B., sie dahineingehen zu machen, sogar wenn sie nicht weiß, was das bedeutet, und wann ich es will, sogar wenn sie tausendmal zu klein ist oder tausendmal zu groß, sogar wenn sie ältere Brüder hat, und ohne daß man sie schlägt und ohne daß man sie tröstet und ohne irgend etwas.

CHARLES
Es ist normal, wenn du die Absicht hast, kannst du sie behalten, ich sage nichts anderes, es ist fifty-fifty, es gibt niemand zu schlagen.

FAK
Du schwörst es?

CHARLES
Ich schwöre es.

FAK
Worauf?

CHARLES
Auf das gleiche, auf das du geschworen hast.

Fak gibt ihm die Schlüssel.
Cecile erscheint, die Sonne steigt mit voller Geschwindigkeit am Himmel auf. Als Charles sie sieht, schließt er die Augen. Fak und Claire schauen sich an, dann gehen sie jeder auf einer Seite ab.

★

Am Fuß der weißen Mauer, von Sonne überschwemmt.
Cecile hat sich Charles genähert.

CECILE
Sag mir, Carlos, sag mir, was du zu tun gedenkst, um ganz schnell alles aus ihm herauszuziehen, was man aus ihm herausziehen kann, um ihn spucken zu machen, um die Taube zu rupfen, um diesen alten Hahn bis zum letzten Tropfen seines Blutes auszubluten, bevor er, durch viele Verrätereien und Hilfen, sein Automobil wieder in Gang setzen kann, und mit der

Henne und all unsern Hoffnungen und dem ganzen Kuchen, ohne uns einen Teil zu lassen, abhaut, uns in der Dunkelheit und in der schwarzen Misere läßt, ohne Wasser, ohne Geld, gerade gut genug, um auf vier Pfoten zu gehen und die Hundepisse auf dem Gehsteig zu lecken und das Regenwasser in den Mülltonnen zu trinken und zu krepieren unter dem Schlammfluß eines Kanalrohrs, während du, Carlos, verfaulte Larve in der Sonne, schläfst, und müßtest schon an ihm hängen wie in seinen Haaren eine Fledermaus.

CHARLES
Nenn mich nicht Carlos und mach mir Schatten.

CECILE
Hör auf zu schlafen und antworte mir zuerst.

CHARLES
Ich schlafe nicht.

CECILE
Du schläfst immer, wenn ich dir eine Frage stelle.

CHARLES
Nein, ich denke daran.

CECILE
Das ist das gleiche; wie immer, wenn es etwas zu tun gibt, schläfst du noch oder schläfst du schon, wie immer, wenn ich dich sehe, immer die Augen geschlossen, so daß ich die Farbe deiner Augen vergessen habe, so daß ich, wenn ich dich sehe, mich wirklich frage, ob das da mein Sohn ist, mit dem ich zu sprechen versuche, ob es diese in der Sonne faulende Larve ist, die ich eines Tages aus unserem Land in das Land hierher

gebracht habe, mit der Hoffnung, aus ihm ein menschliches Wesen erster Kategorie zu machen. Und seh ich dich heute, bleibt mir von den Hoffnungen nichts mehr, die mich aufrecht hielten, auf dem Schiff, als wir hier ankamen, nichts als diese unwissende Larve, unfähig und abtrünnig, bleich wie die Leute von hier, gekleidet wie die Leute von hier, verwöhnt von der Sonne und von der Krokodilfaulheit der Leute von hier, und der die Schule verachtet hat, der Ehrbarkeit den Rücken zugekehrt hat, gezwungen zu arbeiten eine Arbeit ohne Namen, in der Nacht, ohne Lohnzettel und ohne Aufschlag und ohne Ehrbarkeit, und sogar das, das, hast du fallengelassen und jetzt läßt du dich treiben wie eine tote Larve in einer Lache, während da drüben unser Teil des Kuchens dabei ist auszutrocknen, den du entkommen lassen wirst ohne den gebührenden Dank, der uns zusteht, den gerechten Dank, du hast ihn aus dem Wasser gezogen.

CHARLES
Ich bin es nicht, der ihn aus dem Wasser gezogen hat.

CECILE
Doch, du bist es, doch, du bist es, ich habe alles von meinem Fenster aus gesehen, er soll bezahlen, daß er in das Loch gestolpert ist, Carlos, er muß zahlen.

CHARLES
Ich will nicht, daß du mich Carlos nennst.

CECILE
Das ist dein Name.

CHARLES
Ich heiße Charles.

CECILE
Nicht vor Gott, nicht vor Gott, und nicht vor mir.

CHARLES
Du hinderst mich zu denken.

CECILE
Hör auf zu denken und antworte mir.

CHARLES
Entweder spricht man, oder man denkt, man kann nicht alles machen.

CECILE
Für wen denkst du? Für dich allein oder für uns alle?

CHARLES
Ich denke im allgemeinen.

CECILE
Wir sind zu unglücklich und nicht reich genug, um zu denken.

CHARLES
Man muß denken, um einen Plan zu haben.

CECILE
Wir brauchen keinen Plan.

CHARLES
Ich, ich brauche einen Plan, um etwas zu tun.

CECILE
Du machst keine Pläne, du schläfst.

CHARLES
Ich schlafe nicht, ich denke.

CECILE
Also sag mir das Ergebnis von diesem Denken.

CHARLES
Laß mir Zeit, zuerst.

CECILE
Wir sind zu alt, um uns Zeit zu nehmen, wenn du nichts machst, werde ich mich selbst darum kümmern, daß er spuckt.

CHARLES
Kümmre dich um nichts, bleib in deiner Ecke, das sind nicht deine Angelegenheiten, du bist viel zu alt, um zu schachern, und krank.

CECILE
Er ist für uns alle gekommen, nicht für dich allein. Was? Ein Automobil kommt an in der Nacht, alle gehen hinaus, um zu schachern, und mich in einer Ecke lassen mit dem dreckigen Vorwand, daß ich zu alt bin und krank? Ich werde trotzdem schachern, weil du nichts machst.

CHARLES
Wenn du die ganze Zeit redest, kann ich nicht denken, und wenn ich nicht denke, werde ich keinen Plan haben, und wenn ich keinen Plan habe, dann werde ich nichts machen können, und laß mich in Ruhe.

CECILE
Nein, Carlos, schlaf nicht, schlaf nicht, Carlos.

CHARLES
Charles, in Gottes Namen!

CECILE
Schlaf nicht.

CHARLES
Ich habe die Sonne im Gesicht.

Sie bewegt sich und macht ihm Schatten.

CECILE
Ich will in deinem Plan sein, in der schönen Mitte deines Plans, mit dir meinen Teil des Kuchens fressen, denn es ist gerecht, daß ich ihn fresse, bevor ich krepiere. Ich will nicht, daß dein Plan für dich allein ist, daß du uns in dieser Scheiße sitzen läßt, umgeben von Wilden, die ich noch immer nicht kenne, weder die Gewohnheiten, noch die Lebensart, noch die Religion, ohne Wasser, ohne Geld, ohne Licht, mit diesem Mädchen auf den Armen, das ich nicht weiß wem zu geben, denn ich kenne niemand hier, und einen alten Mann, der nie aufhört, seinen letzten Atem eines Kriegers auszuhauchen, und mich selbst auf meinen Armen, so alt, so krank, eine Krankheit von hier, grausam, tückisch, ohne Namen, ohne Heiligen, den man rufen könnte, und es bist du allein, mit dem ich hätte rechnen können, um meiner Krankheit einen Namen zu geben und nicht zu krepieren, wie ich krepieren werde, ohne einen einzigen kleinen Moment ohne Leiden und ohne Not gekannt zu haben, wie eine Fliege in einen Schrank eingesperrt, die am Ende des Tages stirbt, ohne daß der Schrank auch nur einen Spalt weit geöffnet worden wäre.

CHARLES
Du bist nicht so krank und nicht so alt, du tust nur so, damit du jammern kannst und mich am Nachdenken hindern.

CECILE
Ja, ich jammre gern, und ich werde weiterjammern, zu Füßen dieses Krokodils, das du aus dem Wasser gefischt hast, und das da drüben trocknet, und das, wenn du weiterschläfst wie ein Nilpferd, von hier abhaun wird, ohne uns zu belohnen; aber wenn du dich nicht bewegst, werde ich selbst die Reifen seines Automobils aufstechen mit einem Küchenmesser, und ich werde ihm selbst meine Zähne in seinen Oberschenkel schlagen, und ich werde ihn Tränen vergießen machen, bis er vollkommen trocken sein wird, Carlos, antworte mir.

CHARLES
Ich will diesen Namen nicht hören.

CECILE
Ich werde dich nie anders nennen.

CHARLES
Also werde ich dir nie antworten.

CECILE
Es ist ein Verbrechen, den Namen zu ändern, mit dem Gott uns kennt; was auf deinem Konto ist, wird auf das Konto eines andern getan werden, und Gott weiß, was auf das deine getan werden wird, Carlos.

CHARLES
Ich werde nicht antworten.

CECILE
Da wir allein sind, da man uns nicht hört, da niemand, sogar mit guten Augen, meine alten Lippen sich bewegen sieht, kann ich dich wohl nennen wie ich will.

CHARLES
Nein, ich will nicht.

CECILE
Und ich will nicht, ich kann dich nicht anders nennen.

CHARLES
Die Sonne hat sich bewegt, und ich habe sie in den Augen.

Sie bewegt sich und macht ihm Schatten

CECILE *(leise)*
Im Geheimnis, Carlos, ganz auf dem Grund deines Herzens: hast du dir nie gewünscht, manchmal, in das Land zurückzukehren, um dein Leben dort zu machen? Im geheimen, träumst du nie von dem Land, aus dem wir kommen, wo alles für dich einfach wäre, wo du kein Fremder wärst, wo man deine Sprache spricht, und wo du geehrt werden würdest, im geheimen, sag mir, Carlos, ob du nie von unserm Land träumst, wo die Straßen so sauber sind, wo es so frisch ist, wenn man hier schwitzt, und lau, wenn wir erfrieren hier in der Kälte, wo die Leute Christen sind, und wo man uns respektiert? Sag mir, im geheimen, wie oft du schon geträumt hast, Carlos, von den Landschaften unseres Landes, von den Häusern unseres Landes, vom Wasser, von den Gewittern, von den Frühlingen dort, sag mir wenigstens das.

CHARLES
Nenne mich nicht Carlos, ich werde nicht antworten.

CECILE
Antworte mir, antworte mir, ich werde dich nicht mehr nennen.

CHARLES
Nein, ich denke nie daran.

CECILE
Aber die Träume, träumst du nie davon?

CHARLES
Nie, nein, ich träume nie davon.

CECILE
Wovon träumst du also?

CHARLES
Ich träume nicht.

CECILE
Schlaf nicht, schlaf nicht, . . .

CHARLES
Ich schlafe nicht.

CECILE
Nun gut, ich will nicht, ich, daß du dort hingehst, um dort dein Leben zu machen. Ich will nicht, daß du daran denkst; ich will nicht einmal, daß du träumst, Carlos, auch nicht den geringsten Traum, auch nicht im geheimen, von den Frühlingen dort, von den Flüssen dort, von den Gewittern, vom Wasser, von den weißen Straßen; ich will nicht, daß du von unserm Land träumst, wo das Leben viel leichter wäre, wo die Leute Christen sind und wo man uns respektiert. Ich will, daß du bleibst, hier, mit uns, sitzend mit uns in der Scheiße von hier.

CHARLES
Mach mir Schatten.

CECILE
Ich habe keinen Schatten mehr. (*Sie weint.*)

CHARLES (*die Augen öffnend*)
Ich habe zu tun. (*Er geht.*)

★

»Die Nacht kam über ihn, kam langsam . . .«

Faulkner

Abad, ganz naß, auf dem Hafendamm, in der Sonne. Charles nähert sich ihm.

CHARLES

Fak sagt mir, daß du jetzt dein Bizness getrennt machen willst. Du hast das Recht, deine Geheimnisse zu behalten; sogar ein Bruder hat das Recht, Geheimnisse vor seinem Bruder zu haben; aber ein Bruder, der zu viele Geheimnisse vor seinem Bruder hat, das ist kein Bruder mehr, das ist ein Fremder, und wenn er kein Fremder ist, dann ist er ein Verräter.

Als wir gemeinsam gearbeitet haben, war es immer fifty-fifty, nein? und da du keine Familie hast, du, mußt du ein hübsches Paket auf der Seite haben; du hast den Sinn der Sparsamkeit, nun, ich weiß, daß du ein hübsches Paket auf der Seite hast. Also, es ist wahr, du kannst dein Bizness getrennt machen, Fak sagt, daß du das Recht hast, Fak hat immer recht, du auch, und wenn es wahr ist, dann brauchst du mir nur mehr adieu zu sagen, du hast das Recht, deine Wege zu gehn und ich die meinen. Aber ich bin es nicht, der als erster geht, schlag dir das gut in deinen Kopf. Du bist es, der als erster adieu sagt, nicht ich, Mulatte, nicht ich.

Fak sagt, es kommt, weil es nicht mehr genug reguläre Arbeiter gab hier, sie wohnen jetzt im Hafen, alle; Fak sagt, daß eine Company eine Verbindung nicht halten kann, wenn es nicht genug Personen gibt, um sie zu benutzen; bestimmt hat er recht, das ist das Bizness. Jedenfalls, die Fähre, Mulatte, wird nie mehr hier anhalten, das ist sicher, und was sicher ist, wird wahr. Du hast vielleicht ein Interesse jetzt dein Bizness getrennt zu machen. Fak sagt, daß du recht hast; er hat recht vielleicht, und du hast immer recht; das ist so, weil du nicht viel sprichst und behältst deine Geheimnisse; also täuschst du dich nicht viel. Jedenfalls, ich, ich werde meinen Weg nicht ohne dich machen, ich werde vor dir nie Geheimnisse haben, Mulatte, nie werde ich ein Verräter sein.

Für uns, Mulatte, ist es aus mit der alten Technik, wir haben das Blut zu verdorben dafür, man muß die Technik ändern, wenn noch Zeit ist. Schau die andern an: alle, sie sind gegangen, alle machen sich Geld anderswo, anders. Man muß gehen, wenn noch Zeit ist. Man darf nicht den Weg gehen, der vorgezeichnet ist für uns, Mulatte, man muß sich selbst einen zeichnen, auf der Seite, unsern. Wir müssen das Bizness gemeinsam weitermachen. Jedenfalls, es gibt nur mich, der dich versteht, Mulatte, deshalb ist dein Interesse, daß wir das Bizness weitermachen. Was dein Geld betrifft, du könntest nie allein etwas daraus machen, Mulatte, nichts, du brauchst mich, um zu sprechen. Ich, ich weiß genau, was ich damit machen werde, deshalb tätest du besser daran, es mir gleich zu geben. Dein Geld darf nicht mit dir verfaulen. Schau wie ich angezogen bin, schau meine Schuhe an; sie wird gleich sehen, daß ich ein Elender bin. Die Reichen, sie sehen das Geld in den Taschen der andern, durch den Stoff, sie sehen die leeren Taschen, sogar bevor sie dich selbst sehn. Ich will nicht wie ein Elender aussehen, Mulatte, das, das will ich nicht. Ich will mich an die Frau hängen. Man sagt, daß einen Jaguar nichts aufhalten kann. Mulatte, nicht einmal die Bremsen. Wenn wir die Frau gehabt haben werden, werden wir das Auto haben, Mulatte, aber nicht nach der alten Technik, wir haben das Blut zu verdorben dafür, und wir würden nicht weiterkommen. Die Zukunft ist das Bizness und die Sanftheit; und deshalb mußt du mich machen lassen, man muß geduldig sein, man darf nicht nervös werden.

Dann werden wir nicht mehr bremsen müssen, Mulatte, das, das verspreche ich dir.

Nur, ich kann nicht zu ihr hingehen ohne Geld in meinen Taschen. Dein Geld, ich will es nur in meine Taschen stecken, nur für die Zeit, um mit ihr zu sprechen, und nachher gebe ich es dir zurück, ich will nur, daß man es uns nicht an Respekt fehlen läßt. Jedenfalls, du weißt gut, Mulatte, wo es ist, dein Interesse; Fak sagt, daß du nie den Norden verlierst, auch wenn du so aussiehst, und er hat recht. Du weißt gut, Mulatte, seit dem ersten Tag, entweder du rettest dich mit mir, oder du verlierst dich mit mir. *(Er lacht.)* Wir sind Brüder, Mulatte, durch das Blut sind wir Brüder, durch den Zaster sind wir Brüder, durch das Jucken sind wir Brüder; es ist nicht wirklich dein Interesse, daß ich die Laus bin, Mulatte, oder du wirst der erste sein, der sich kratzt. Und, du hast nicht wirklich die Wahl.

Als ich klein war, hatte ich immer Läuse am Kopf, unter den Armen, auf dem letzten Haar, eine Kolonie schwarzer Läuse wohnte auf mir. Meine Alte strich mich mit Rosenwasser ein, aber als wir sie verschwunden glaubten, kamen sie auf Zehenspitzen zurück, und es fing wieder an, mich zu jucken. Dann bürstete sie meine Nägel; sie sagte: es muß einen geben, der sich darunter versteckt; sie machte mich Ginster und Waldmeister trinken, um das Blut zu reinigen, das die Eier mit sich herumschleppt; aber da war immer einer, dem es gelang, sich zu verstecken, und wir haben nie gefunden wo. Gegen die letzte Laus gibt es nichts, man muß aufgeben. *(Er lacht.)* Schließlich ist es viel leichter, sich an die Läuse zu gewöhnen, als sie loszuwerden.

Dein Moos, du weißt, ich kann damit kein großes Ding drehn, *(er lacht)* kein großes, nein, du brauchst dich nicht zu beunruhigen. *(Er lacht.)* Du weißt es, Mulatte, aber vielleicht weißt du nicht, daß ich es auch weiß. Kann sein, ich hatte es vergessen, kann sein, ich werde es gleich vergessen. Aber jetzt weiß ich es, und vergiß nicht, Mulatte, daß ich es dir gesagt habe.

Man hätte anders geboren werden müssen. Reich und dumm, als dummes Kind eines Bankiers oder eines Reeders, das ist der einzige Traum, der wert ist, daß man träumt, Mulatte; der ganze Rest ist nicht wert, daß man träumt, davon zu träumen. Deshalb träumen wir von nichts, Mulatte, das ist weder deine Schuld noch meine, wir sind schlecht geboren, das ist alles. *(Er hebt das Geld auf, das Abad vor ihn hingelegt hat.)*

Deshalb liebe ich dich, Mulatte. *(Er lacht.)* Deshalb liebe ich dich. *(Er küßt die Scheine).* Vergiß nicht, daß ich es dir gesagt habe.

Charles geht ab.

★

Die Autobahn, zur Stunde der Mittagsruhe.
Koch liegt ausgestreckt, ganz naß, in der Sonne, die Augen geschlossen.
Monique und Charles sprechen ganz leise.

MONIQUE
Duzen Sie mich nicht, und heben Sie die Stimme nicht, ich bitte Sie darum, sprechen wir höflich, es ist nicht notwendig, einander Angst zu machen. Außerdem, ich habe nicht einmal mehr die Kraft, Angst zu haben. Wenn die Leute ihre Geschäfte in Höflichkeit abwickeln würden, ohne Vertraulichkeiten, und ohne die Stimme zu heben, wären die Dinge noch weniger ermüdend. Hätten Sie nicht einen Kamm, den Rest von einem

Kamm, auch mit ausgebrochenen Zähnen? Das einzige, was ich nicht ertrage, nach einer durchwachten Nacht, sich keinen Kammstrich geben können. Nein, ich habe keine Lust, wieder zu sehn, wie er sich aufregt; er schläft seine Laune aus, ich werde ihn aufwecken, wenn das Auto startbereit ist. Was mich betrifft, ich würde gern, mein Gott! wenigstens wissen; bestimmen Sie, ich bin bereit, den Preis zu bezahlen, den Sie verlangen werden . . .

Wie schüchtern Sie aussehn, wie das Licht alles färbt: Mein Gott! Nett und einschüchternd. Mich sehe ich lieber nicht an, meine Haare sind so trocken, sie müssen in alle Richtungen wegstehn. Ihre Art Schüchternheit steckt mich an, ich spüre es, in fünf Minuten werde ich mich verstecken dort hinten, mit rotem Gesicht, und nichts geht mehr. Ich bin müde, müde, und Ohnmächten ausgesetzt. Mein Gott! Schauen Sie mich nicht so an, ich muß aussehn wie eine Hexe; Sie werden mir doch ein kleines, altes, schmutziges Stück Kamm finden irgendwo.

CHARLES
Es ist Bizness, worüber ich sprechen will. Ich gebe nie etwas gegen nichts, ich; also, ich will mit ihm diskutieren, nicht mit dir. Es ist schon lange, daß ich nicht mehr mit Frauen sprechen kann. Es stimmt, daß du mit diesen wirren Haaren aussiehst wie ein Besen, ich werde meiner Schwester sagen, daß sie dir helfen soll, dich zu kämmen, während ich mit ihm Bizness spreche.

MONIQUE
Mit ihm, schau an! Mit ihm, bravo. Er liegt da, gebeutelt, krank, noch mit Sand und Muscheln in den Ohren und tief im Hals, aber mit ihm wollen Sie sprechen. Sie sind gut. Machen Sie schon, versuchen Sie, fragen Sie ihn, womit ein Auto fährt, sprechen Sie mit ihm vom Delkokopf, wenn Sie sehen wollen, wie er die Augen dreht. Ich wünsche Ihnen Vergnügen. Er

interessiert sich nur für sich. Was Ihre Schwester betrifft, ich kenne sie, ich warte noch immer auf die Handtücher, die sie holen gegangen ist. Aber nein, ich hoffe auf kein Handtuch mehr, kein Hemd, keinen Kamm, keine Hilfe von niemand, ich hoffe nichts mehr.

CHARLES
Du wirst doch nicht ohnmächtig werden?

MONIQUE
Um so besser, daß Sie nett sind, wenigstens das, ich fühle mich überhaupt nicht wohl. Es gibt doch überhaupt keinen Grund, daß wir unser Zelt aufschlagen hier bis zum Ende der Sintflut. Wir müssen uns doch arrangieren. Aber ich habe kein Geld, nichts mehr.

CHARLES
Ich habe Geld, ich, ich will kein Geld.

MONIQUE
Sehr gut, ich habe gleich gesehn, daß Sie kein Absteiger sind. Ich habe sie satt, die Absteiger. Ich will weggehen, ich will zurückkehren, ich will, daß dieses Auto startet, ich will nicht mit diesen wirren Haaren in der Stadt ankommen; helfen Sie mir, Herr!

(Sie wird ohnmächtig. Charles hält sie.)

CHARLES
Ich habe gesagt, daß ich euch helfen will. Noch ist nicht Nacht. Keine Eile. *(Nach einer Zeit, leise:)* Es ist der XJS, der Coupé?

Monique
Viertürig. Der Vanden Plas.

Charles
Fünfkommadrei Liter.

Monique
Ja. Zwölf Zylinder.

Charles
Zwölf Zylinder. Ist es wahr, daß es ein Problem mit den Bremsen gibt?

Monique
Unsinn. Vier Scheibenbremsen, doppelter Kreislauf. Servo mit Bremskraftverstärker.

Charles
Eine Frau, die sich mit der Mechanik auskennt.

Monique
Haben Sie Familie?

Charles
Meine Schwester.

Monique
Sie lieben Ihre Schwester?

Charles
Sie ist schlau. Sie wird schnell lernen.

MONIQUE
Nur mit meinen Brüdern und Schwestern habe ich mich verstanden. Man sollte seine Brüder und Schwestern nicht verlassen. Alles andere ist Unsinn. Warum die verlassen, mit denen man sich gut versteht und die nichts von einem erwarten?

CHARLES *(auf Koch zeigend)*
Er kann nicht einmal Auto fahren?

MONIQUE
Nicht einmal das. Er kann nichts. Er ist nicht schlau. Er lernt nicht schnell. *(Pause)* Schauen Sie mich nicht an.

CHARLES
Ein Mann in schäbigen Klamotten ist wie ein Luxusauto ohne Motor, in einer Ecke verstaubt. *(Pause)* Ich spreche für mich.

MONIQUE
Es ist wahr, daß Sie mich schüchtern machen mit Ihrem schüchternen Blick eines Hundes.

CHARLES *(nach einer Zeit)*
Ich bin zu alt, ich kann nicht mehr mit Frauen sprechen.

MONIQUE *(plötzlich)*
Kommen Sie, kommen Sie mit uns. *(Sie streckt die Hand aus.)* Ich will nicht mehr mit ihm sprechen. Sie nehmen mir die Worte. Kommen Sie mit uns. *(Charles hält ihr die Schlüssel hin.)* Ja, das wäre viel besser so. *(Sie nimmt die Schlüssel, hält die Hand ausgestreckt.)* Beeilen Sie sich, ich spüre, daß die Nacht kommt, und wieder meine Angst.

CHARLES
Weck ihn auf. Du hast die Schlüssel.

MONIQUE
Die Schlüssel, die Schlüssel, was wollen Sie mit Ihren Schlüsseln? Glauben Sie, ich brauche Schlüssel, wenn ich ein Auto starten will? Ein kleines Mädchen kann ein Auto starten ohne Schlüssel, halten Sie mich nicht für dumm. *(Leise)* Der Delkokopf. Und Sie haben die Motorhaube aufgebrochen, sie ist voller Beulen.

CHARLES
Wer?

MONIQUE
Wer? Sie fragen mich: Wer? Mein Gott! Sie, vermute ich.

CHARLES
Ich wußte, daß man mit einer Frau nie Geschäfte machen soll. *(Er lacht.)* Ich erinnere mich daran, jetzt. *(Leise.)* Wenn du von hier weg willst, wirst du ihn tragen müssen. Es sind zwölf Kilometer, da herum.

MONIQUE
Verschwinden Sie; duzen Sie mich nicht.

CHARLES
Wenn du gleich weggehst, wirst du ankommen, vielleicht, vor der Nacht.

Er geht ab.

★

»Erfroren oder nicht erfroren, sagte ich, wir treffen uns wieder. Sie haben uns geführt, Hauptmann, aus einem milden Land in ein Gletscherland, ohne Zeit, Schnürstiefel anzuziehn und Hosen aus Wolle, mit gerade der Zeit, um aus dem Haus in die Kaserne zu springen, von der Kaserne auf die Quais und von den Quais auf das Schiff, wie Flöhe, mit den Bastschuhn, und wer wird uns jetzt die Bastschuhe ersetzen, verfault, von Schnee und Eis, und die Füße darin? Er hat das Gesicht verzogen und gesagt: Schnauze, Korporal, marschieren und Schnauze; und der Soldat an meinem Ohr: He, Korporal, und ich sagte ihm: Schnauze, Soldat, und marschiere; ich hatte den Respekt der Hierarchie.

Hauptmann, Hauptmann, mit allem Respekt immer noch vor der Hierarchie, warum sagen Sie den Vorgesetzten nicht, daß die Füße der Männer, der armen Männer, in den durchlöcherten Bastschuhen Gefrierfleisch sind, wir können nicht mehr weiter, und daß der Nebel fällt, und daß wir zurückmarschieren müssen auf die Schiffe, und auf Stiefel warten, oder uns niedersetzen in den Schnee, wo wir sie uns erfrieren werden in den Leinenhosen, Hauptmann, das erwartet uns, wir entfernen uns von den Schiffen, ich sehe sie nicht mehr, ich sehe meine Männer nicht mehr, sogar Sie, Sie, sehe ich nicht mehr; und der Hauptmann sagte: Korporal, wir diskutieren nicht, wir marschieren; und der Soldat hat mich beim Arm genommen: Korporal! und ich sagte ihm: Wir diskutieren nicht. Dann habe ich den Hauptmann nicht mehr gesehen, im Nebel verloren, und den Soldaten nicht mehr gesehen, nichts, ich sah nur seine Mütze in das Eis eintauchen, niemand mehr gesehen, nichts mehr gehört, nur den Nebel, den Schnee und das Eis, und ich habe mich niedergesetzt, um auf Befehle zu warten, in der Leinenhose, wie man sie in milden Ländern trägt. Sie haben sich herausgewunden, Hauptmann habe ich gesagt, aber, mit den Eiern oder ohne Eier, ich treffe Sie wieder.« sagt Rodolfe.

Im Hangar, von goldenen Strahlen durchquert.
Cecile, zerstreut und einsam, durchquert den Hangar.
Vor Abad bleibt sie stehen, schaut ihn kaum an, zieht ein Taschentuch aus ihrer Tasche, hält es Abad hin.

CECILE
Ich will eine Zigarette rauchen, ich bin eine alte Frau und krank, ich darf absolut nicht rauchen, wegen meines Hustens, mein Mann will absolut nicht, daß ich rauche, er findet, das macht Hure; ich wollte Handtücher mitnehmen, um dich zu trocknen, Zigaretten, um dich zu berauschen, und mein Blabla, um dich zu bestechen, aber ich bin eine sehr alte Frau, ohne Gedächtnis, ich habe nur ein altes, nicht mehr sehr sauberes Taschentuch, und Lust, selbst zu rauchen, du wirst dir eine Entzündung erster Klasse holen, wenn du dich nicht trocknest. *(Abad nimmt das Taschentuch.)* Ich verstehe mich gut mit den Wilden, ich bin selbst eine alte Wilde, mein Mann sagt, daß ich immer eine Wilde bleiben werde, auch wenn ich die Hure mache, man muß lachen können, wenn man Lust hat zu lachen, ich habe auch kein Feuer. *(Abad hält ihr eine angezündete Zigarette hin.)* Es ist die verkehrte Welt, aber Gott, vielen Dank, hat die Gewohnheit, die reinen Tiere von den unreinen zu unterscheiden, wir werden nie im gleichen Bett schlafen, vielen Dank, Sie werden nicht in das gleiche Boot wie wir einsteigen, trocknen Sie sich doch. *(Sie hustet.)* Hure, ich! *(Sie setzt sich.)* Ich will nur, unter uns, eine Zigarette rauchen, ich will atmen, ein wenig, unter Wilden. *(Sie rauchen.)*

Bis zum Abend muß ich mich verstecken, wenn der Abend anfängt, werde ich diesen distinguierten Herrn aufsuchen mit meinem Blabla, wenn ich zu früh anfange, werde ich gebraten und mein Blabla funktioniert nur in den ersten Stunden der Dämmerung. Ich bin so müde, daß ich mich, sobald mir eine kleine Idee kommt, niedersetzen muß, um meinen Atem wiederzufinden. Was kann es dir ausmachen, wenn ich ihn vornehme? Gesehen hat er nichts, er ist zu alt, sechshundert Jahre, und seine Augen sind voll Wasser, ich werde ihm das Blabla der alten, kranken Frau machen, deren Sohn ihn aus dem Wasser gezogen hat, und werde das Paket einstecken, ich werde meine Liste vorlegen genau wie bei meiner Hochzeit, die Boutique ist erste Kategorie, ich habe das Automobil ganz in der Nähe in der Sonne gesehen, deshalb muß ich mich verstecken bis zum Abend. Ein Wilder in diesem Land muß wissen, wie er sich zurückhält; du hältst dich zurück, vielen Dank, wenn ich die Wassertropfen nicht gehört hätte, die von deinem Kopf rinnen, wäre ich praktisch in dich gestoßen; worauf wartest du, um dich zu trocknen? Bis er seine Entzündung hat? Was kann es dir ausmachen? Du würdest sowieso nichts und nichts einstecken, vielen Dank. Der distinguierte Herr wird den Unterschied ausmachen können, wir werden nie, du und ich, auf der gleichen Planke treiben, mein Mann sagt, man muß lachen können, wenn man zum Lachen Lust hat. *(Sie hustet.)*

Cigarros Winston, Cigarros der Mulatten. *(Sie wirft die Zigarette weg.)* Laß nicht mein sauberes Taschentuch in diese Schweinerei fallen. *(Sie hebt das Taschentuch auf.)*

Es ist sehr schmutzig hier. *(Sie schaut sich um.)* Es ist abscheulich. Ich schäme mich für euch, ich habe soviel Schmutz noch nicht gesehen. In meinem Land würde man sich schämen, sich einen solchen Ort nur vorzustellen. Die Kanalratten meines Landes würden sich weigern, sich zu paaren mit den Ratten von hier. Aber mein Sohn ist nie ganz normal gewesen. Macht nichts, ich werde es ohne dich tun; die Wilden fressen sich die Nasen ab, das ist bekannt, statt einander zu helfen. *(Sie steht auf, entfernt sich von Abad.)* Er hat mir gesagt, daß es eine Wasserstelle gäbe hier, einen Wasserhahn, ich habe nichts gesehen. Wenigstens hätte er die Landschaften seines Landes auf die Wände malen können. Du hättest die Landschaften deines Landes auf die Wände malen können. Ich kenne weder dein Land, noch deine Religion, noch den Namen deiner Mutter, nichts; ich weiß nichts von meinem Sohn, und mein Mann sagt, daß ich nicht malen kann, ich erinnere mich sowieso nicht an mein Land! Ich bin eine Hure in voller Gesundheit, gut genug, um die Reifen eines Automobils mit einem Küchenmesser aufzustechen, und auf die Dämmerung zu warten. *(Sie lacht.)* Krank, ich! Ich höre ihn keuchen, da hinten, er muß sich eine Entzündung erster Klasse geholt haben, in diesem eiskalten Wasser, krepieren sollst du an deiner Entzündung, auch du, da du mir nicht helfen willst; ich muß mit ihm sprechen, bevor er krepiert, was sind das für Tage hier, die Stunden und Stunden dauern? Wenn ich zu früh hinausgehe, werde ich gebraten. *(Sie kehrt Abad den Rücken zu, schaut die Decke an, geht auf und ab.)* Leg dich nieder, steig herab, falle, bist du noch nicht müde, uns zu braten wie Larven, hast du es noch nicht satt, mich zu belästigen? Willst du nicht, bitte, so nett sein, und deinen Absprung machen und mir den Platz lassen? *(Plötzlich zurückkommend und auf Abad zulaufend)* Und du sag diesen Wassertropfen, daß sie aufhören sollen von deinem Kopf zu prasseln, daß sie aufhören sollen, auf dem Boden zu gehn, der Lärm macht mich müde, und du hast kein Recht, diesen Lärm zu machen, keine Genehmigung; nichts, du hast nicht das Recht zu existieren. Welchen Preis hast du bezahlt, du, daß du in Frieden lebst in diesem Land? Warum bist du weggegangen von zu Hause, hast du deine Mutter ermordet? Hast du Politik gemacht? Ein Mann verläßt sein Land nicht, mit der Schande auf dem Namen seiner Mutter, ohne ein Verbrechen. Ihr bringt uns Unglück, mit dem Geruch eurer Verbrechen, eurer Schande, eures Schweigens, mit allem, was ihr versteckt. Mit euch, hierher gekommen ohne Vater, Mutter, Rasse, Sprache oder Nabelschnur, Namen, Gott oder Visum, ist die Zeit der Unglücke gekommen, des einen nach dem andern; euretwegen ist das Unglück bei uns eingekehrt, unsre Stiege hinauf, hat unsre Türen aufgebrochen, und das war der Anfang der Armut, der Anfang der Geldnot, der Anfang der Dunkelheit, kein Licht und Sonnen, die sich weigern unterzugehn; der Anfang, mit den Booten, die nicht mehr anlegen, mit den Häusern, verlassen von ehrbaren Leuten, der Anfang der Unordnung, der Beschimpfungen, der Messerstiche, der Angst vor der Nacht, der Angst vor dem Tag, der Angst, an die Schultern geklebt, der Vermischung von Tagen und Nächten; der Anfang der Krankheiten, in unser Blut gestochen von Fliegen, die sich verstecken in eurem Haar. Vorher war die Sonne die Sonne, und sie gehorchte dem Finger und dem Blick, die Nacht die Zeit des Schlafes; die Türen sperrten mit Schlüsseln, die Fenster sperrten mit Glasscheiben, und aus den Wasserhähnen floß Wasser; aber ihr habt bis zum letzten Tropfen das Wasser unserer Wasserhähne getrunken, und nichts gelassen für niemand. Vorher war alles gut hier; weder Schmerzen in den Beinen noch Schmerzen im Rücken, im Hals, in den Augen, kein Fieber, das vom Schlaf abhält, kein Bauchweh und kein Brustweh. Unsre Körper gingen aufrecht, Schultern zurück und der Rücken geschmeidig. Aber eure Schande hat unsre Schultern langsam gebeugt und unsere Köpfe gesenkt, und das war der Anfang unsres Unglücks. Ich will dich nicht mehr sehen, ich will nichts mehr sehen. *(Sich zur Decke drehend)* Leg dich nieder!

Die goldenen Strahlen glitzern sanft und verlieren ihren Glanz. Cecile geht ab.

★

Im Laufen, den Hangar entlang, der noch leicht besonnt ist.

CLAIRE
Ich habe keine Zeit.

FAK
Ich auch nicht.

CLAIRE
Ich will nicht, daß du mit mir sprichst.

FAK
Ich kann nicht mit dir sprechen, ich habe keine Zeit.

CLAIRE
Ich will nicht einmal, daß du mich ansiehst, nicht einmal in Eile, ich will nicht.

FAK
Ich brauche nicht mehr anzusehn, denn ich habe dich schon angesehn in Ruhe und alles, ohne Rest, sogar ohne Kleider.

CLAIRE
Du hast überhaupt nichts gesehn ohne Kleider, was erzählst du?

FAK
Doch, ich habe es gesehn, heute morgen habe ich es gesehn.

CLAIRE
Und wie hast du es gesehn, bitte, und in Ruhe auch noch, das ist zu stark.

FAK
Als du alles gewaschen hast, im Fluß, heute morgen, ohne Rest hab ich es gesehn.

CLAIRE
Niemals würde ich mich im Fluß waschen, was erzählst du? Das Wasser ist viel zu schmutzig, wir haben ein Haus, es gibt einen Wasserhahn und sauberes Wasser.

FAK
Es gibt kein Wasser mehr im Haus, und heute morgen hat deine Mama dich gezwungen, daß du dich im Fluß wäschst, und sie schaute rundherum, ob jemand zusieht, während du dich wäschst, aber ich war auf dem Dach da oben, und ich sah dich ohne Rest, wie ich dich jetzt sehe mit den Kleidern.

CLAIRE
Und ich sehe nicht, was das ändern soll.

FAK
Das ändert, und besser du willst mit mir jetzt, damit du gleich bist und es auch bei mir gesehn hast, meines auch, sonst siehst du wirklich dumm aus.

CLAIRE
Ich sehe nicht, was sich geändert hat, denn ich habe dich auch gesehn, als du dich gewaschen hast, heute morgen, im Fluß, in aller Ruhe, nun also, wir sind schon gleich, und du mußt einen andern Dreh finden.

FAK
Du hast überhaupt nichts gesehn bei mir, denn ich wasche es mir nicht, oder irgendwas, weder im Fluß noch in einem Haus, noch in irgendeinem Wasser, weder schmutzig noch sauber, nie.

Claire
Und du willst, daß ich mit dir will, wo du selber sagst, daß du dir niemals irgendetwas wäschst und nirgendwo? Das ist zu stark. Vielleicht hätte ich vielleicht gewollt, mit irgend jemand, der sich jeden Tag und überall wäscht, ohne Fehler; aber weil du selber sagst, daß du ohne Fehler dich niemals wäschst, sehe ich nicht, wie ich wollen kann, weil ich vollkommen sauber bin, immer und überall.

Fak
Ich auch, du kannst sehn, ich bin vollkommen sauber immer und überall.

Claire
Wie das, wie kannst du sauber sein? Das, das werd ich nicht schlucken. Du hast eben selber gesagt, du wäschst dich niemals, ich bin es nicht, die das gesagt hat, nun.

Fak
Genau, die sich nie gewaschen haben, seit sie ganz klein sind, sind immer sauber, denn der Dreck interessiert sich nicht mehr für sie und gleitet über sie weg. Aber die sich dauernd waschen mit viel Zeit, der Dreck läuft ihnen nach, je mehr sie sich waschen, um so mehr hängt er sich an; und später, wenn du sehr groß sein wirst, wirst du dich immer und immer öfter waschen müssen, und später, wenn du sehr alt sein wirst, wirst du dich die ganze Zeit waschen, und die ganze Zeit wirst du schmutzig sein, während ich, ich bin sauber bis an das Ende der Zeit.

Claire
Jedenfalls, sogar ohne Gleichheit, niemals werde ich wollen, denn ich weiß, ich, sehr genau, daß dir mein Bruder gesagt hat,

daß du es darfst, ob ich will oder nicht, also nun, ich, ob du es darfst oder nicht, nie werd ich es wollen.

FAK
Ich sehe überhaupt nicht, was das für dich ändert, ob ich es darf oder nicht, da ich jetzt will, daß du es auch willst.

CLAIRE
Und warum, bitte, soll ich es für dich wollen, wenn du es schon darfst?

FAK
Weil es viel besser ist, wenn es alle wollen, und du wirst selber sehn, wieviel das besser ist.

CLAIRE
Nun gut, stell dir vor, sogar wenn ich wüßte, daß es besser ist, wenn ich es wollte, werd ich es trotzdem nicht wollen mit einem Jungen, denn die Jungen, ihr wollt immer etwas tauschen gegen etwas, und ihr gebt nie etwas, also will ich überhaupt nichts.

FAK
Ich tausche nichts, ich; man gibt mir oder man gibt mir nicht, ich nehme oder ich nehme nicht, ich gebe oder ich gebe nicht.

CLAIRE
Wie das, bitte, du tauschst nicht? Ich habe heute morgen sehr genau gesehn, wie du mit meinem Bruder die Schlüssel getauscht hast, daß er abhaun kann, gegen etwas, das ich nicht genau weiß.

Fak
Ich habe überhaupt nichts getauscht, weil ich ihm nichts gegeben habe, damit er abhaun kann, und es ist noch in meiner Tasche.

Claire
Was?

Fak
Der Delkokopf.

Claire *(die Hand ausstreckend)*
Also gib.

Fak
Da. *(Er gibt ihn ihr.)*

Claire *(nach einiger Zeit)*
Ich bin sehr unglücklich.

Fak
Wenn du sehr unglücklich wärst, würdest du nicht immer nein sagen. Jemand, der sehr unglücklich ist, sagt ja, und jemand, der nein sagt, ist noch immer ein bißchen glücklich.

Claire
Trotzdem bin ich überhaupt nicht mehr ein bißchen glücklich.

Fak
Wenn das wahr ist, muß du ja sagen.

Claire
Ja.

FAK
Wann genau?

CLAIRE
Wenn es sehr dunkel sein wird, vielleicht, ja, werde ich ja sagen.

FAK
Wenn es dunkel sein wird, wirst du wollen, bestimmt?

CLAIRE
Ganz dunkel, ja, da werd ich wollen, bestimmt.

FAK
Ich werde auf dich warten. *(Er geht weg.)*

CLAIRE
Ja. Ja. Ja. *(Sie geht weg.)*

★

Auf dem Hafendamm. Abad zusammengekauert am Ufer. Charles hockt sich neben ihn. Die Sonne, tief, spiegelt sich auf dem Wasser des Flusses.

CHARLES
Mulatte. Ich suche Fak, und wenn ich ihn gefunden habe, hau ich mit dem Auto ab, allein. Mach keine Dummheiten, bevor ich nicht weg bin, denk nicht zuviel nach, reg dich nicht auf, beweg dich nicht, bis ich weg bin. Ich bitte dich darum, und du bist es mir schuldig.

Ich habe dir alles, was ich wußte, beigebracht, Mulatte, ich habe dir alles gegeben, was mein war; als du hier ankamst, hast du dich versteckt, und ich habe dir keine Fragen gestellt. Aber was man gibt einen Tag, hat man immer das Recht zurückzunehmen; nur sich selbst gibt man umsonst; einem andern leiht man, und er muß es zurückgeben einen Tag. Heute bist du dran zurückzugeben, Mulatte! Also, bis der Jaguar wegfährt und mit mir, Mulatte, beweg dich nicht, reg dich nicht auf, mach keine Dummheiten, versuch nicht zu verstehn.

Die Fähre abends, vielleicht, wird wieder kommen, du wirst einsteigen und deine Arbeit wieder aufnehmen, auch wenn du ganz allein bist, deine Arbeit; ich, ich wechsle die Seite, ich verschwinde in den Hafen; ich werde am Anfang als Gorilla in einem Nachtclub arbeiten, ich werde mir Zaster machen, und man wird mich hier nicht mehr sehn. Das ist ganz einfach so, mein Alter: wir gehen jeder auf seine Seite.

Vielleicht haben wir gemeinsam gearbeitet bis jetzt, Mulatte, und es war gut; aber jetzt können wir nicht mehr arbeiten wie früher; also ist es vielleicht Zeit, daß wir unser Bizness getrennt machen. Vielleicht waren wir wie Brüder, ja, aber vielleicht auch ist Zeit, daß wir uns trennen.

Außerdem du verstehst nie, was ich dir sage, und ich, ich verstehe nichts von dem, was du denkst; ich denke, du machst alles so, daß ich denken soll, du hast keine Lust, es zu machen, und nachher korrigierst du; so, glaube ich, marschierst du; aber du wirst nicht immer korrigieren können, Mulatte. Letzten Endes habe ich nie etwas verstanden bei dir, Mulatte. Also versuch auch du nicht zu verstehn und bleib da, bleib ruhig.

Auf der andern Seite, da drüben, ist die Höhe; hier ist die Tiefe; wir selbst hier sind die Tiefe der Tiefe, wir können nicht tiefer gehn, und viel Hoffnung gibt es nicht, ein bißchen aufzusteigen. Das Höchste, das wir erreichen werden, in jedem Fall: wir werden nie etwas anderes sein, als die Höhe der Tiefe. Deshalb wechsle ich lieber die Seite, Mulatte, ich gehe lieber da hinüber; ich bin lieber da drüben die Tiefe der Höhe als die Höhe der Tiefe hier. Versuch nicht zu verstehn.

Ich habe nie gearbeitet, Mulatte, nie; ich weiß nicht einmal, wie man es macht; die Sklavenarbeit, die ehrliche Arbeit, ich weiß nichts davon, ich habe nie einen Chef gehabt, ich, nie gedient, nie gehorcht.

Und doch ist es das, was ich tun werde jetzt, ich wechsle das Ufer. Du kannst nicht verstehn.

Es stimmt, daß du, du, nicht wirklich die Wahl hast, Mulatte, zu viel Weg für dich, ans andere Ufer zu kommen. Also, vielleicht, wird die Fähre anhalten, wie früher, daß du allein weiterarbeiten kannst, daß für dich alles wie früher sein wird; und vielleicht nein, aber ich will es nicht wissen. Fak bleibt dir; also bist du nicht verloren. In jedem Fall, auch das, ich will es nicht wissen.

Es mußte wohl, eines Tages, für dich in die Hosen gehn, Mulatte. Du hast eine Frist gehabt, und ich habe dir dabei geholfen, aber eines Tages mußte es in die Hosen gehn. Als sie das Wasser absperrten, habe ich sofort verstanden, daß es für dich in die Hosen gehen wird, mein Alter. Es wird keinen Ort mehr geben, wo du dich verstecken kannst, Mulatte, dein Blut ist zu verdorben, und hier machen sie keine Anstrengung, um die zu verstehn, die nicht sprechen. Du wirst zahlen müssen. Nun gut, du wirst zahlen, Mulatte, das ist normal, ich kann nicht an deiner Stelle zahlen, und es gibt keinen Grund, warum ich mit dir bezahlen soll. Deshalb weiche ich aus.

Wir sind so alt, Mulatte, so alt schon, und wir haben so viel Verspätung, mein Alter. Zusammen verlieren wir zu viel Zeit. Man muß versuchen, allein nachzuholen. Schau den Fünfzehnjährigen an, heute, er macht, was wir mit fünfundzwanzig machten, und er hat schon mehr Zaster als wir. Wenn wir mit nackten Fäusten arbeiten, arbeiten die fünfzehnjährigen Rotzer mit dem Schlagring; wenn wir den Schlagring entdecken, sind sie beim Messer, und wenn wir gelassen ans Messer gehn, sind sie schon bei der Feuerwaffe. Alle sind sie gegangen, die einen nach den andern, und wenn sie zurückkommen, werden sie Könige sein, und ihre Sklaven wir. Also ich weiche lieber aus. Die Zukunft, mein Alter, ist die ehrliche Arbeit. Schließlich, sie ist gut, die Ehrlichkeit. Schließlich, ich, ich mag sie gern. Jedenfalls, da ist der Zaster. Du bist zu dumm, Mulatte; mir gelingt es nicht zu wissen, was du wirklich liebst, aber was ich weiß, ist, daß du wirklich zu dumm bist. Ich glaube, daß du nichts liebst, daß du nie Hunger hast. Ich, ich werde immer Hunger haben, immer; sogar wenn mir kein Platz mehr ausreicht, um meinen Zaster zu sortieren, werde ich noch Hunger haben. Wer aufhört Hunger zu haben, ist schon tot. Ich sterbe vor Hunger, und du, du bist schon tot, also das kann nicht zusammenpassen.

Du hast das Parfüm des Zasters nie gerochen, Mulatte, ich habe es gerochen, als ich den Lärm des Motors hörte. Das Geld, ich rieche es, bevor es ankommt, bevor es in der Tasche ist, sogar bevor es in den Safes der Banken ist; die Scheine, ich rieche ihr Parfüm, bevor sie gedruckt werden. Ich mag es gern, jedenfalls, es ist das, was ich in der Welt am meisten liebe.

Wenn du gewollt hättest, Mulatte, wenn du es gewollt hättest, mein Alter, hätten wir mit einer Waffe gearbeitet, und wir wären Könige. Aber du bist wirklich zu dumm. Eine Knarre, Mulatte, das verlangt keine Dienste von dir, nicht daß du aufstehst am Morgen, nicht, daß du pünktlich bist, weder daß du sie respektierst, noch daß du Monsieur zu ihr sagst, oder polierst ihr die Stiefel; sie zwingt dich nicht zu arbeiten, noch zu schwitzen, oder zu gehorchen, und macht dich nicht müde; sie zwingt dich zu nichts, und alles was du willst, gibt sie dir. Das ist der einzige Chef, den ich je gewollt hätte. Jeder, der heute nicht bewaffnet ist, ist ein Sklave, Mulatte. Du bist ein

Sklave; und dann, du bist zu dumm. Ich will dich nicht mehr sehn.

Vergiß nicht, vergiß nicht, Mulatte, ruhig zu bleiben, bis ich Fak gefunden habe, bis ich gegangen bin, und denke nicht zu viel, damit du, Mulatte, keine Dummheiten machst. Vergiß nicht, daß du an der Reihe bist, Mulatte.
Ich weiche aus. Adieu.

Er geht ab.

★

»Das ist noch nicht der Tod, er ist nie schmerzvoll.«

London

Die Autobahn. Abenddämmerung, vor dem Sonnenuntergang. Koch in den Armen von Monique.

KOCH
Ich habe Schmerzen.

MONIQUE
Ich weiß.

KOCH
Ich will nach Hause zurück.

MONIQUE
Ich weiß.

KOCH
Sie wissen nicht mehr, wo das Auto ist?

MONIQUE
Ich weiß es.

KOCH
Ich will zurück, Monique, ich habe diesen Unsinn satt.

MONIQUE
Ich weiß. Ich weiß. Ich weiß.

KOCH
Ich habe Schmerzen.

MONIQUE
Mein Gott! Maurice. Warum sind Sie auf mich wütend? Was habe ich Ihnen getan? *(Nach einer Zeit:)* Was habe ich so Schlimmes getan, um das zu verdienen?

Auftritt Claire

CLAIRE
Hauen Sie ab, verschwinden Sie, sofort und ohne Lärm, ich will nicht mehr, daß man Sie hier sieht. *(Sie hält den Delkokopf hin.)* Nehmen Sie, beeilen Sie sich, ich verlange nichts dafür, die Nacht wird kommen, ich warne Sie, wenn Sie sich nicht beeilen.

KOCH
Was ist das?

MONIQUE *(zu Koch)*
Ein Stück Mechanik, nichts. *(zu Claire)* Und die Handtücher?

KOCH
Ich will zurück. Tragen Sie mich.

MONIQUE *(zu Claire)*
Und die Hemden zum Verbinden?

KOCH
Ich habe Schmerzen.

CLAIRE *(zu Monique)*
Und was noch, und was noch? Sie haben das Auto, verschwinden Sie.

MONIQUE
Vielleicht glauben Sie, mein Gott! daß es mir gefällt, in diesem Loch zu sein.

KOCH
Ich will zurück, ich will zurück.

MONIQUE
Ich weiß.

KOCH
Sie haben die Schlüssel verloren?

MONIQUE
Die Schlüssel? Sicher nicht. Ich habe sie nicht verloren.

KOCH
Nun gut, also?

CLAIRE
Vielleicht können Sie das nicht an seinen Platz zurücktun; vielleicht muß ich einen Jungen rufen.

KOCH
Was ist das?

MONIQUE
Der Delkokopf.

KOCH
Langweilen Sie mich nicht mit Ihren Geschichten. Ich will zurück.

MONIQUE
Sie wollen, bravo: Sie wollen, sehr gut; aber wir können nicht, stellen Sie sich das vor, und das ist Ihre Schuld. *(Zu Claire:)* Kleine Dumme. Die Reifen. Kleine Dumme. Man hat die Rei-

fen aufgeschnitten, die vier Reifen. Ihr wart es, ich bin sicher. Ich werde mich daran erinnern. Es wird doch irgendwann ein Polizist vorbeikommen hier, oder nicht? Ein Polizist auf einem Fahrrad oder zu Pferd? Es kommt doch wohl von Zeit zu Zeit ein kleiner, dicker Polizist vorbei? Holen Sie mir in der Zwischenzeit diese verdammten Handtücher, kleine Dumme, holen Sie mir dieses verdammte Hemd, damit ich es zerreiße.

CLAIRE
Und was noch, und was noch?

MONIQUE
Beeil dich, sag ich dir, beeil dich.

Claire geht weg, stößt auf Cecile, die eintritt, Rodolfe hinter sich herziehend.

MONIQUE *(zu Koch)*
Wozu hat Ihnen dieser Bluff gedient, außer uns alle unglücklich zu machen, und für nichts. Wenn Sie die Dinge gleich beim Namen genannt hätten, ohne zu lügen, statt all diesen Bluff aufzuführen, säßen wir nicht in der Klemme hier mit Ihrem Knöchel. Mein Gott, diese Leute, wie sie uns ansehn, ich spüre es, man weiß nicht einmal, was sie von einem wollen. Während ich, ich könnte bei meiner Familie sein, wo man sich liebt, ja, ohne Geschichten; Sie wissen nicht, was das ist, eine Familie, Sie, Brüder, Schwestern; und ich, ich bin hier, wegen Ihrer Launen.

KOCH
Ich krepiere vor Kälte. Sogar meine Unterwäsche ist durchnäßt.

MONIQUE
Ich warte auf die Handtücher, die man holen gegangen ist.

CLAIRE *(zu Cecile)*
Es ist, weil ich zu viel Kaffee getrunken habe, Mama, so viel Kaffee, daß ich nicht mehr weiß, ob Tag ist oder Nacht oder etwas anderes, also gehe ich ein Handtuch holen für diesen Kerl da, der ganz naß ist.

CECILE
Kein Handtuch, für niemand. Was hast du mit deinem Schuh gemacht?

CLAIRE
Ich habe ihn ausgeliehen, um zu wissen, ob ich schlafe oder nicht.

CECILE
Ein anständiges Mädchen schläft zu dieser Stunde in ihrem Haus; hau ab.

CLAIRE
Ich werde abhauen, und schlafen, wenn sie gegangen sein werden.

CECILE
Sie werden nicht weggehen, sie werden zuerst bezahlen.

CLAIRE
Aber ich kann nicht schlafen, Mama.

CECILE
Wache beim Wasserhahn, bis das Wasser läuft.

CLAIRE
Ich habe nicht so viel Kaffee getrunken, um allein beim Wasserhahn zu wachen, Mama.

Cecile
Idiotin. Glaubst du, daß du Schlaf nicht nachholen mußt? Du hast keine Minute gewonnen mit all dem heimlich getrunkenen Kaffee. Idiotin. Beeil dich.

Claire *(weinend)*
Ich kann nicht allein bleiben, heute abend, zu Hause.

Cecile
Hau ab. *(Claire geht weg. Zu Rodolfe:)* Mira, Rodolfo, mira. *(Sie beobachten Monique und Koch.)*

Koch *(zu Monique)*
Foltern Sie mich nicht; ich habe einen gebrochenen Fuß, ich bin dabei, mir eine Lungenentzündung zu holen, und Sie reden mit mir über Geld, Sie können nur von Geld reden.

Monique
Ich habe es gewußt, ich wußte es.

Koch
Sie wissen überhaupt nichts. Ich will nicht mehr über Geld reden.

Monique *(leise)*
Was haben Sie damit gemacht. Mein Gott! Maurice?

Koch
Ich habe es vergessen.

Monique
Vergessen was?

KOCH
Alles.

MONIQUE
Sie versuchen sich zu drücken.

KOCH
Ich schwöre Ihnen, daß ich nichts mehr weiß.

MONIQUE
Lügen Sie nicht, lügen Sie nicht.

KOCH
Ich habe es vergessen, ich schwöre es Ihnen.

MONIQUE
Halten Sie mich nicht für eine Idiotin. Sieben Millionen, das gibt man nicht aus, indem man Zigarren kauft.

KOCH
Ich kaufe keine Zigarren mehr. Ich habe es vergessen.

MONIQUE
Was soll aus Ihnen werden, mein Gott!

KOCH
Ich will mich trocknen.

MONIQUE
Und ich?

KOCH
Gehen Sie allein zum Verwaltungsrat. Sagen Sie ihnen, daß ich krank bin. Sagen Sie Ihnen, daß ich abgehauen bin. Sagen Sie irgend etwas. Schieben Sie alles auf meinen Rücken.

Monique
Niemals.

Cecile *(zu Rodolfe)*
Schau, Rodolfe, schau. Siehst du klar genug oder muß ich dir erklären, wie es ist?

Monique *(zu Koch)*
Sie verstehen nicht, Maurice, wie sehr ich alles verstehen könnte, alles verzeihn, wie sehr ich, ich, Maurice, Sie liebe, genug, genug, um Ihnen zu helfen, wenn nur, mein Gott! Sie mich nicht belügen würden.

Koch
Ich will Ihre Hilfe nicht, ich brauche mir von Ihnen nichts verzeihen zu lassen. Sie verstehen überhaupt nichts, und ich lüge nie.

Monique
Doch, Sie lügen, Sie lügen, und ich verstehe alles. *(Sie weint.)*

Cecile *(zu Rodolfe)*
Komm, Rodolfo, das ist der Augenblick. *(Cecile und Rodolfe nähern sich Monique und Koch.)*

Koch *(plötzlich wütend)*
Warum, warum verfolgen Sie mich denn mit diesem Geld? Warum läßt man mich nie in Frieden mit Geld? Warum bin es immer ich, der sich kümmern muß um das Geld der andern.

Monique
Da sind Leute, sie sind alt, wir sind gerettet.

Koch
Wenn jeder lernte, sich um sein Geld zu kümmern und mich in Frieden läßt! Ich mache nichts Böses, ich mache nichts damit, ich, mit dem Geld; man hätte mir dieses Geld nie zwischen die Pfoten stecken dürfen.

Monique *(leise)*
Schweigen Sie, Maurice, wir werden später darüber reden. Schweigen Sie, da kommt jemand.

Koch
Hatte ich nicht das Alter, in Frieden zu leben? Das Alter der Pension? Das Alter, wo ein gewöhnlicher und unschuldiger Mann seine Tage in Ruhe mit seinen Ersparnissen beendet, und, wo man ihn nicht belästigt, mit dem Geld der andern? Außerdem ist es auch Ihre Schuld, wenn ich akzeptiert habe, mich um dieses Geld zu kümmern; und jetzt, ja, Sie werden es machen wie die andern, als die allererste werden Sie sagen: Aber wo ist es denn hingekommen, dieses Geld? Aber was haben Sie damit gemacht? Aber es muß doch für irgend etwas ausgegeben worden sein; und Geheimnisse dort suchen, wo es keine gibt.

Monique
Schweigen Sie, zeigen Sie Haltung, machen wir einen guten Eindruck, das sind sehr alte Leute, Maurice.

Koch
Wieviel Jahre Frieden habe ich gehabt in meinem Leben? Jahre, wo man mich in Ruhe gelassen hat mit den Geschäften der andern? Sechs? Acht? In welchem Alter lernt man zählen? Ich hätte nie zählen lernen dürfen, bei Gott. Man vertraut mir Geld an, absichtlich, damit ich in die Klemme komme, und man wartet auf mich in den Ecken, um Rechenschaft zu verlangen von mir. Nun gut, ich werde nicht hingehen, das ist alles.

MONIQUE
Maurice, ich bitte Sie, sie hören zu. Still: Sie wollen sprechen.

CECILE *(zu Koch)*
Ich komme, Ihnen meine Hilfe anzubieten, Monsieur.

MONIQUE *(zu Koch)*
Ich wußte es.

KOCH
Humbug. Ich will keine Hilfe.

MONIQUE *(zu Cecile)*
Danke. Danke. Mein Gott! Haben Sie ein Telephon?

CECILE *(zu Koch)*
Denn ich habe gleich gesehen, Monsieur, Sie sind eine Standesperson; mein Auge ist geübt, eine Standesperson zu erkennen, ganz gleich, in welchem Zustand sie ist; deshalb habe ich verlangt, daß man saubere Handtücher bringt, um Ihnen zu Hilfe zu kommen; und wenn Sie in so weit entfernte Gegenden gelangt sind, ich glaube nicht an den Zufall, sondern an die Hand Gottes, und Gott läßt die Verbannten sich finden, sogar in der Dunkelheit, daß sie einander Hilfe bringen.

MONIQUE
Haben Sie ein Telephon?

CECILE *(zu Koch)*
Ja, ich habe gleich gesehen, Monsieur, Sie haben ein geübtes Auge, um Ihresgleichen zu erkennen sogar in der Dunkelheit, wie wir Sie erkannt haben, Sie. Wir leben hier wie arme Hunde, in der Dunkelheit vergessen, dieser Mann, vom Krieg halb zer-

stört, mein Sohn, der Sie gestützt hat, als Sie fielen, und eine ganze Familie, wartend auf ein Visum, das in einem Dossier mit unserm Namen die Stufen der Ämter hinaufklettert, aber der Gipfel, in einer großen Stadt, ist schwer zu ersteigen, außer eine Standesperson hilft nach. Deshalb bin ich glücklich, daß mein Sohn anwesend war im Augenblick, wo Sie Hilfe brauchten, so daß Sie uns schätzen können in unserm wirklichen Wert.

MONIQUE
Ein Telephon, mein Gott! Sie sehen doch, daß er nicht gehen kann.

CECILE *(zu Koch)*
Wer uns sieht, mag uns für herumirrende Hunde halten, aber wir kennen uns als das, was wir sind, und das ist unser Trost. Im eigenen Land sind wir Standespersonen, das sind wir; und wenn wir morgen zurückkehrten, die besten Familien von Lomas Altas würden beim Aussteigen aus dem Schiff uns die Hand küssen. Sie küßten uns die Hand, Monsieur, als wir an Deck gingen, am Ende des Krieges, mit diesem armen Mann, halb debil geworden, der kaum mehr gehen konnte, und der Niederlage, und dem Geld, das nichts mehr wert war. Wir haben uns wiedergefunden im Hafen, denn ich wollte aus meinem Kind ein menschliches Wesen erster Kategorie machen, und dort, das Geld nichts mehr wert, wozu war es noch gut, eine Standesperson zu sein, Monsieur? Im Hafen zehn Schiffe in zehn unbekannte Richtungen, wir wußten nicht, welches wir nehmen sollten, das Kind zog an meiner linken Hand, wir sind ihm gefolgt, und jetzt sind wir hier, in der Dunkelheit, während dort die besten Familien weiterhin in unserer Abwesenheit den Heldenmut dieses Mannes feiern, Monsieur, der die Hälfte seiner Füße und fast seine ganze Kraft und fast seinen ganzen Kopf in einem unbekannten Krieg verloren hat, und der

heute die Sehkraft verliert. Aber hier ehrt niemand diesen Krieg, ehrt niemand diesen Mann, und wir, gesunken auf den Stand herumirrender Hunde, mit halben Visa, in der Dunkelheit.

MONIQUE *(zu Koch)*
Aber von welchem Krieg spricht sie denn? Es ist Jahrhunderte her, daß wir Krieg führen, wir andern.

CECILE *(zu Monique)*
Eben, man brauchte jemand um ihn zu führen, Madame.

MONIQUE
Das ist keiner von unseren Kriegen, das.

CECILE *(zu Monique)*
Der Heldenmut, Madame, gehört Ihnen. *(zu Koch:)* Unter Standespersonen, muß man sich nicht die Hände reichen, Monsieur?

KOCH *(zu Cecile)*
Sicher, aber ich verstehe nichts von Kriegen, ich.

MONIQUE *(leise, zu Koch)*
Ich finde die Possen dieser Frau widerlich.

KOCH *(leise, zu Monique)*
Mir gefallen sie.

MONIQUE
Sie gefallen Ihnen, bravo. Fragen Sie sie doch, wer uns helfen wird, hier, fragen Sie.

CECILE *(zu Monique)*
Wir. Es gibt nur uns hier. *(zu Koch:)* Rechnen Sie auf uns, Monsieur.

MONIQUE *(zu Koch)*
Rechnen Sie darauf, rechnen Sie darauf. Sie werden nicht einmal Handtücher bringen. Es wird Nacht werden, mein Gott!

KOCH *(plötzlich, zu Cecile)*
Helfen Sie mir, meine Uhr wiederzufinden, ich bitte Sie. Ich habe sie in diesem Schuppen verlegt. Ich hänge an ihr.

MONIQUE
Ihre Uhr, mein Gott!

CECILE *(zu Rodolfe)*
Rodolfe, adelantate y asusta al negro.[1]

Rodolfe entfernt sich in Richtung Hangar.

MONIQUE
Sie werden doch nicht, Maurice, dorthin zurückgehn?
Wir haben immer noch unsre Beine, Maurice, meine Beine. Ich werde Sie tragen.

CECILE *(zu Rodolfe)*
Apurate, machorrón, apurate![2]

Rodolfe verschwindet.

KOCH *(zu Monique, versucht sich aufzurichten)*
Helfen sie mir doch.

MONIQUE
Niemals.

CECILE *(zu Koch)*
Stützen Sie sich auf mich, Monsieur, ich werde Sie führen.

Koch und Cecile entfernen sich.

MONIQUE
Ich werde allein zurückgehen, allein; ich habe es satt, Sie und Ihre Dummheiten.

Sie dreht sich um; Fak steht hinter ihr.

MONIQUE
Mein Gott!

★

Die Tür des Hangars, außen, der Himmel färbt sich rot, der Wind beginnt sehr stark zu wehen.
Rodolfe, von Windstößen getrieben. Ein plötzlicher Windstoß läßt ihn auf Charles stoßen, in der Nähe der Tür versteckt.

CHARLES *(ihn beim Arm nehmend)*
Du spionierst mir nach.

RODOLFE
Laß mich, laß mich.

Charles
Was willst du mir sagen, seit heute morgen überrasche ich dich hinter mir, versteckt in einer Ecke, jedesmal, wenn ich mich umdrehe, und trete auf dich, versteckt vor mir, in einer Ecke, jedesmal, wenn ich vorwärts gehe; sprich, jetzt, du hast mich vor dir.

Rodolfe
Ich bin es nicht, der mit dir sprechen will, es ist deine Mutter.

Charles
Also, warum spionierst du mir nach? Warum versteckst du dich vor mir?

Rodolfe
Ich spioniere dir nicht nach, ich verstecke mich in den Ecken; ich verstecke mich nicht vor dir, ich verstecke mich ganz einfach, weil ich alt bin und unnütz und häßlich und ein sehr schlechter Vater, glücklicherweise gibt es Ecken, wo sich die sehr schlechten Väter noch verstecken können. Laß mich los.

Charles
Ich rühre dich nicht an, alter Schwachkopf; du bist es, der mir seine Nägel in den Arm stößt.

Rodolfe
Nein, du bist es, du bist es, und du hebst die Hand auf gegen mich, hebe nicht die Hand auf gegen deinen Vater.

Charles
Ich hebe nicht die Hand auf gegen dich, alter Schwachkopf, du bist es, der von Kopf bis Fuß zittert.

Rodolfe
Laß mich gehn.

Charles
Wo willst du denn hingehen?

Rodolfe
Laß mich, da, deine Mutter, sprich mit deiner Mutter, laß mich.

Charles
Wo kannst du hingehn? Was hast du noch zu tun? Wer bist du, alter Schwachkopf, dich noch in die Dinge des Lebens zu mischen?

Rodolfe
Nichts, ich habe nichts zu tun; ich hänge herum; man muß doch irgendwo hingehen, wenn man geht, nein? Und es ist deine Mutter, die mir gesagt hat: Geh und beeil dich. Ich beeile mich, das ist alles. Aber ich schwöre, daß ich mich nicht in die Dinge des Lebens mische, ich mische mich in keine Art Dinge, ich bin es nicht, der sich in was auch immer mischt, schlag mich nicht, schlag nicht deinen Vater.

Charles
Ich rühre dich nicht an.

Rodolfe
Laß mich los.

Charles
Ich rühre dich nicht an, alter Schwachkopf. Es ist der Wind, der dich das Gleichgewicht verlieren läßt, und die ersten Kälten des Winters sind es, die dich von Kopf bis Fuß zittern lassen.

RODOLFE
Da, deine Mutter, da, deine Mutter, es ist deine gute Mutter, die mit dir sprechen will.

Er verschwindet im Hangar.

★

Das Innere des Hangars, im roten Licht der untergehenden Sonne.
Geräusch des Flusses, entfernt.
Rodolfe bleibt in der Mitte stehen.

RODOLFE
Ich bin zu alt, zu kaputt, es fällt mir schwer, mich fortzubewegen, du bist es, der sich bewegen muß. Wenn dir ein wenig Respekt vor dem Alter bleibt, komm näher, daß ich dich sehen kann; wenn du keinen Respekt mehr hast vor dem Alter, komm trotzdem, in deinem Interesse; und wenn du kein Interesse mehr hast, komm ganz einfach, weil ich es dir sage. *(Abad nähert sich Rodolfe.)* Meine Augen sind vielleicht schon zu verpfuscht, Négro, um deine Fresse zu sehen, aber ich brauche sie nicht zu sehen, deine Fresse, um gleich zu wissen, daß du nicht regulär bist; du machst nicht genug Lärm, wenn du gehst, um regulär zu sein, und stell dir vor, hier liebt man sie nicht, die Typen, die nicht regulär sind; sie kriegen es auf die Schnauze. Der Dicke, da draußen, er wird auf die andere Seite zurückkehren, er wird ihnen sagen: ich habe Leute gehört, die man hier nicht hört, wenn sie gehen, da drüben, auf der anderen Seite; und du wirst es auf die Schnauze kriegen. Und wenn es nicht er

ist, der dich anzeigt, wird es dieser rasende junge Hund sein, der seine Haut retten will; und wenn es nicht er ist, dann wird es diese Hündin sein, die mir als Weibchen dient; und wenn es nicht sie ist, werde ich dich anzeigen, Négro, ganz alt und im Arsch wie ich bin, weil wir zu zahlreich sind auf der Erde, mit zu wenig Platz. Auf jeden Fall wirst du alles ganz allein auf deine Hurenschnauze kriegen, und das wird dir einen verdammten Schlag versetzen, denn du hast nichts, um den Schock zu dämpfen, Négro, keine Vergangenheit, keine Familie, keinen Krieg und kein Alter, nirgends eine Deckung, also würdest du besser tun, auch keinen Respekt vor dem Alter zu haben, oder du bist wert, daß sie dich in den Mülleimer schmeißen. Bis dahin, komm und hilf mir, Négro.

(Er sucht in seinen Kleidern.) Diese Hunde glauben, ich bin vom Krieg so schrottreif, daß ich kaum mehr gehen kann; sie glauben, daß mir dieser Krieg alles erfroren hat, die Füße, die Beine, das Gehirn; aber wenn es mir so schwerfällt zu gehen, hat das nichts mit dem Krieg zu tun; es ist dieses Ding, das fünf Kilo wiegt, fünfundsechzig Zentimeter lang ist, und das ich seit der Niederlage Tag und Nacht mit mir herumtrage. Hilf mir, es loszuwerden, jetzt, ich habe es satt, alt zu sein. *(Er zieht das Maschinengewehr unter seinen Kleidern hervor.)*

Es ist eine Kalashnikow, sowjetische Fabrikation; nicht wirklich modern, aber ich schwöre dir, daß sie dir den Kopf zersprengt. Ich sehe nicht ein, warum man modernes Material verwenden soll, da alles, was wir wollen, ist, die Köpfe gut zu zersprengen, und dieses Ding schießt sechshundertfünfzig Schüsse in der Minute, und bis dreihundert Meter, das macht sechshundertfünfzig zersprengte Köpfe in der Minute, wenn man sich gut anstellt, das ist schon nicht so schlecht. Es ist mir nicht so schwergefallen, es auf die Seite zu bringen und zu verstecken, es ist immer leichter, nach einer Niederlage die Offiziere zu betrügen als nach einem Sieg, aber jetzt habe ich es satt, es ist zu schwer. *(Er setzt sich nieder, legt die Waffe auf seine Knie.)*

Jetzt gelingt es mir, dich ein kleines bißchen besser zu sehen; ich brauche nicht mehr zu sehen, Négro, um sicher zu sein, daß du nicht regulär bist; es genügt, deine Beine zu sehen; man sieht sofort, daß diese Beine da zu sehr die Gewohnheit haben zu laufen; man mag sie nicht, hier, die Leute, die zu schnell laufen. Komm näher. *(Abad nähert sich.)* Hast du schon ein Kind gemacht in deinem Leben? *(Abad macht Nein mit dem Kopf.)* Nicht eines? Nicht ein kleines? Nicht einmal eines, das du nicht kennst, ein kleines Ding, das irgendwo herumliegt? *(Abad macht Nein mit dem Kopf.)* Nun, hast du wenigstens ein Mädchen gemacht, wenigstens? *(Abad macht Nein mit dem Kopf.)* Nicht einmal das? *(Rodolfe spuckt auf den Boden.)* Komm näher, ich muß dir erklären, wie das funktioniert. *(Er demonstriert die Waffe.)* Du lädst in diese Richtung, nicht anders, sonst riskierst du, daß es dir in die Schnauze explodiert; das ist die Schußwahl; diese Position ist für die Salve, diese Position für Schuß nach Schuß, je nach der Anzahl der Köpfe, die zersprengt werden müssen und nach der Zielgenauigkeit; im Prinzip genügt ein Schuß. *(Er hält die Waffe hin.)* Ein Mann der nicht einen Sohn gemacht hat, wenigstens einen einzigen, der stirbt wie ein Hund, nichts bleibt von ihm, nirgendwo, es ist, als hätte er nicht existiert. Auch wenn es ein verdorbener Sohn ist, das hat keine Bedeutung. Dein Leben ist weniger wert als das Leben einer Henne, Négro, du hast es nicht verdient; es ist, als ob du nie existiert hättest.

(Abad nimmt die Waffe.) Jetzt sehe ich deine Schnauze ganz. Dein Tod, du hast ihn verdient, das ist sicher. Komm noch näher. *(Abad beugt sich.)* Aber wenn du nur einen einzigen Menschen getötet hast, bist du nur auf gleichem Fuß mit deinem verhurten Tod, dein Tod wird keine einzige Spur hinterlassen, nichts, als ob du gar nicht gestorben wärst; man muß zwei

davon getötet haben, um zu gewinnen; mit zwei getöteten Menschen läßt du notwendigerweise eine Spur; ein Extra, was auch immer geschieht; man wird dich nie zweimal töten können. *(Er steht auf, geht in Richtung Ausgang, kommt zurück.)* Ich warne dich, wenn du dich nicht bedienst mit dem da, um den Dicken zu töten, Négro, werde ich selbst zu Fuß hinübergehen, auf die andere Seite, da ich jetzt genauso gut gehen kann, wie ein Junger, und ich werde ihnen sagen, da drüben: Ich habe jemand gesehen, auf der anderen Seite, der eine Kalashnikow hat; und sie werden das nicht lieben; ich werde ihnen sagen: Gehen Sie hin mit mehreren, umstellen Sie das Viertel, denn er läuft schnell, und seine Schritte machen keinen Lärm auf dem Boden. Und du wirst es auf die Schnauze kriegen.

Zerspreng ihm seinen Kopf, dem Dicken, mein Sohn, und so daß er den Schuß kommen spürt; ein Schuß hier und ein Schuß da, nimm dir Zeit, daß er scheißt davon; tu es für mich, mein Sohn, ich bitte dich darum, denn ich, ich kann es selbst nicht tun. *(Er weint.)* Ich habe eine kaputte Hand und das Gehirn verpfuscht, ich habe meine verdammte Hand, die zittert, schau das an, mein Sohn, schau; nie würde es mir gelingen, ich bin sicher, daß ich ihn verfehle, und sein verdammter dicker Kopf würde nicht zerspringen. Du, du kannst es machen, mein Sohn. Hab Mitleid mit mir, hab Mitleid mit einem alten Mann der ganz erfroren ist, ein alter Mann, ganz allein; laß ihn nicht entkommen, töte ihn.

Er weint weiter.
Die Nacht fällt und läßt Abad verschwinden.
Rodolfe entfernt sich in Richtung Ausgang.
Hinausgehend stößt er in der Nähe der Tür zur Autobahn auf den lauernden Charles.

★

Totale Nacht. Der Wind, sich in der Tür verfangend, hebt die Kleider und die Haare von Rodolfe und Charles.

RODOLFE *(durch die Tür schauend, mit einem Lachen)*
Schau, Kleiner, schau. *(Er nimmt Charles am Arm.)* Schau sie an, wie sie ihre Beine herzeigt, deine Mutter; in der Tiefe der Nacht, in der Kälte, wie sie ihre Beine entblößt: nicht eine Vene, kein blauer Fleck, kein Schauer, nicht der kleinste Punkt Gänsehaut. Ohne Zittern stützt sie den großen, trägen, schwankenden Haufen. Schau, Kleiner, schau, wie schön ihre Beine sind; trotz der Kälte der Nacht, schau ihre Beine an, diesen rosaroten und haarlosen, dampfenden und schmutzigen Haufen stützend, die Beine dieser Wilden, schau. Wie, mit einer Mutter wie der da, konnte ich ein guter Vater sein? Schau sie an, die Wilde, schön und stark, wie sie marschiert.

Auftritt Cecile, Koch stützend.

CECILE *(sich auf Charles stürzend)*
Er ist es, du bist es, Charles, mein Charlie! *(Sie küßt ihm die Wange.)*

★

»Gegen halb acht wurde die pechschwarze Dunkelheit um uns fahles Grau und wir verstanden, daß die Sonne aufgegangen war.«

Conrad

Im Hangar, Dunkelheit, mit Strahlen des Mondes durch die Löcher im Dach.

KOCH *(zu Cecile)*
Was erzählen Sie da, er hat mich nicht aus dem Wasser geholt.

CECILE
Doch, er ist es, ganz gewiß, er ist es.

KOCH
Er ist nicht einmal naß.

CECILE
Er ist trocken geworden, das ist alles. *(Zu Charles:)* Mach deine Schnauze auf, Larve, sag ihm, daß dir deine Schwester Handtücher gebracht hat; bewege dich, Taugenichts; warum bist du nicht einmal naß?

KOCH
Ich will meine Uhr.

CECILE *(zu Charles)*
Suche die Uhr von Monsieur, finde die Uhr. Hilf Monsieur gehen, du siehst doch, daß er einen gebrochenen Fuß hat, beweg dich, Taugenichts, *(leise:)* Versuche sie nicht zu finden, Larve. *(Zu Rudolfe:)* Qué hiciste del negro, machorrón? Lo siento por los parajes.[3]

Koch
Ich hatte sie dort hingelegt.

Cecile
Ich sage Ihnen, daß er trocken geworden ist; das hat nichts Außergewöhnliches. Er ist wasserdicht, das ist alles; er ist ein Taugenichts. Aber ich habe trotzdem alles von meinem Fenster aus gesehen. *(Leise:)* Dieser Dreckskerl will nicht zahlen; er wird trotzdem zahlen; *(Zu Rodolfe:)* Y el negro, machorrón?[4]

Koch, von Charles gestützt, stößt auf Fak, der Monique an der Hand führt.

Monique *(zu Koch)*
Dieser Monsieur war bereit, mich zu führen. Ich habe endlich jemand Guten hier gefunden; dieser Monsieur ist unglaublich gut. Kommen Sie, ich werde Ihnen helfen, ich sehe alles ganz deutlich. *(Sie nimmt Koch aus den Armen von Charles.)* Haben Sie sie hier hingelegt? Mein Gott! Was für ein Gomorrha!

Charles *(zu Rodolfe, leise)*
Was hat er dir gesagt, was hat er dir gesagt?

Rodolfe *(zu Cecile)*
Cecile, Cecile, sag ihm, er soll mich in Ruhe lassen.

Charles *(zu Rodolfe)*
Nur ich verstehe ihn, nur ich habe das Recht, mit ihm zu sprechen, ich verbiete euch, mit ihm zu sprechen, ich verbiete euch, daran zu rühren, Scheiß Bordell. *(Noch leiser:)* Er hat was gegen mich vor, alter Schwachkopf, er ist gegen mich. Wo ist er jetzt? Sag mir, wo er ist, alter Irrer, daß ich mit ihm spreche, bevor er sich aufregt.

RODOLFE *(zu Cecile)*
Sag ihm, Cecile, sag ihm, daß er mich deje in paz. *(Er weint).*

CECILE *(zu Charles)*
Fluche nicht, geh dem Dicken helfen, siehst du nicht, daß sich die andern um ihn kümmern, während du dir Zucker auf die Pille streust.

CHARLES *(zu Cecile)*
Warum läßt du diesen alten Schwachkopf sich in meine Angelegenheiten mischen?

CECILE
Schweig. Sprich nicht so von deinem Vater. Wo ist deine Schwester? Laß mich in Frieden. Wo ist meine kleine Claire? *(Sie weint.)*

KOCH *(zu Monique)*
Sie haben die Autoschlüssel nicht verloren, hoffe ich?

MONIQUE
Das Auto? Daß ich nicht lache. Wir werden zu Fuß zurückgehen müssen, in diesem Zustand. Mein Gott! Wir sehen fein aus.

KOCH
Aber die Schlüssel, die Schlüssel?

MONIQUE
Ich habe sie, ich habe sie, was geht Sie das an?

KOCH
Was mich das angeht? Das ist mein Auto, soviel ich weiß. Und dann, es kann ein Tauschobjekt sein.

Monique
Ihr Auto, sieh da, bravo, Ihr Auto, mein Gott!

Rodolfe *(Zu Cecile)*
No llores, cabecita negra, o voy a acabar llorando contigo.[5]

Cecile *(zu Rodolfe)*
Ven, acerate. *(Sie setzen sich nebeneinander.)* No me abandones, machorrón.[6]

Monique *(zu Koch)*
Ihr Auto, Ihre Uhr, Ihre Launen, Ihre Dummheiten, und meine Beine, um Sie in die Stadt zu befördern.

Koch *(zu Charles)*
Helfen Sie mir doch, Sie meine ich; Sie müssen sich erinnern, wo ich sie hingelegt habe. *(Koch aus den Armen von Monique in die Arme von Charles.)*

Cecile *(zu Rodolfe)*
Rodolfe, du der mir alles gelernt hat, du, der mich aus der Gosse geholt hat, um mich in die Scheiße von Lomas Altas zu heben, und der mich aus der Scheiße von Lomas Altas gezogen hat, um mich in diese Scheiße zu ziehen, alt, krank, ohne Kraft, und keine Idee, warum hat das Unglück, wenn man so alt ist, noch das Recht, uns mit den Füßen zu treten und auf uns zu tanzen, und uns den Kopf in eine neue Scheiße zu tauchen mit jedem Tanzschritt.

Rodolfe
Hör auf, dich zu beklagen. Versteck deine Beine, Hure. *(Er zieht am Rock von Cecile.)*

Cecile
Ich beklage mich nicht, ich ruhe mich aus. Wo ist meine Tochter?

Monique *(zu Fak)*
Sagen Sie mir hier, was Sie mir zu sagen haben.

Fak
Nicht hier, hier sind zu viele Leute; ich habe gesagt, da oben werde ich es dir sagen.

Monique
Wenn ich die Uhr gefunden habe, werde ich hinaufgehen.

Fak
Wenn man sie wiedergefunden hat, dann?

Monique
Wenn ich sie wiedergefunden habe, ja; aber er wird durchdrehen, wenn ich sie ihm nicht wiederfinde.

Fak
Also, da, nimm. *(Er hält die Uhr in seiner Hand.)* Du hast sie wiedergefunden.

Monique
Geben Sie sie mir, sagen Sie nichts, ich will ihn überraschen.

Fak
Wenn du mit mir da hinauf gegangen bist, werde ich sie dir geben.

Monique
Geben Sie sie mir vorher, wir werden nachher schon sehen.

FAK

Vorher mußt du mit mir da hinaufgehn, denn ich habe dich hierher gebracht.

MONIQUE

Ich werde Ihnen Geld geben, Sie werden eine Runde mit dem Jaguar machen, ich werde Ihnen etwas anderes geben, seien Sie nicht degoutant, mein Gott!

KOCH *(zu Charles)*

Humbug. Ihre Naivität, Ihr Geschmack, alles Humbug. Wenn ich Zeit hätte, würde ich Sie einen Kurs an der Börse machen lassen, Sie würden dort Ihren Geschmack verlieren, den Geschmack an Humbug.

Sie würden aufhören, etwas zu lieben, das es gar nicht gibt. Geld gibt es nicht, mein armer Freund, wenigstens würden Sie das lernen; man trägt das Geld nicht in der Tasche; Geld, wie sie es verstehen, ist Humbug. Geschäfte gibt es, das ist alles, aber Sie verstehen von Geschäften nichts. Ich würde Sie nicht einmal als Chauffeur einstellen, ich glaube, daß Sie mir die Taschen umdrehn würden. Das Geld, so wie Sie es lieben, sind Krumen, die man Hunden im Hinterhof vorwirft. Ihr Geschmack am Geld ekelt mich an. Sie sind wirklich zu dumm, mein armer Freund. Nehmen Sie Ihre Affenarbeit an, ja, das ist gut so; nehmen Sie diese Kleinigkeiten, die ich da verstreut habe; amüsieren Sie sich damit. Ich gehe lieber zurück. Lassen Sie mich. *(Er löst sich von Charles und stolpert.)* Monique!

CECILE *(von weitem, zu Monique)*

Was machen Sie mit dem Schuh meiner Tochter?

MONIQUE

Ihre Tochter? Welcher Schuh? Mein Gott! *(Zu Fak:)* Wer ist dieser Hanswurst, der sich im Abfall wälzt?

CECILE *(sich auf Monique stürzend)*
Diebin, Henne!

Sie reißt den Schuh aus den Händen von Monique und entfernt sich. Fak hat sich Claire genähert, die unauffällig eingetreten ist.

MONIQUE
Rohlinge, Penner, Kranke, Lumpen, Abfälle von menschlichen Wesen; ich habe diese ungewaschenen Verrückten satt, lieber mit Ratten und Hunden leben, mein Gott! All diese Leute ekeln mich an. Ich werde mich mit vier Betontüren einschließen, ich werde mich verbarrikadieren lassen, sobald ich wieder zu Hause bin, ich werde mir die Nahrung durch einen Tunnel reichen lassen, damit ich den Geruch dieser Abschabsel von menschlichen Wesen weder sehen noch riechen muß; ich will mich von den Haaren bis zu den Füßen in Beton gießen lassen, nur mit einem Loch für den Mund und für die Nase, Maurice, ich will zurück. *(Monique und Koch fallen sich in die Arme.)*

CLAIRE *(zu Fak)*
Ich habe dir schon tausendmal gesagt, daß ich nicht rauche.

FAK
Das kann dir helfen, am Boden zu sehen. *(Claire nimmt das Feuerzeug, das ihr Fak hinhält.)*

CLAIRE
Was heißt das, was darauf geschrieben ist?

CECILE *(sich auf Claire stürzend)*
Was tust du hier, du?

CLAIRE
Ich suche die Uhr.

CECILE
Hau ab, sofort.

CLAIRE
Ich sehe nicht ein, warum ich nicht die Uhr suchen darf, ich, wenn alle sie suchen.

CECILE
Du hast hier nichts zu suchen, geh sofort heim, schlaf, leg dich nieder, vermische dich mit deinem Stroh, verschwinde in der Matratze.

CLAIRE
Ich kann nicht, es ist der Kaffee, ich will bleiben.

CECILE
Nichts. Zieh diesen Schuh an, Idiotin.

CLAIRE
Nein, ich will den Schuh nicht anziehn, ich will wissen.

CECILE
Du hast nichts zu wissen, Idiotin, wer hat dir gesagt, du sollst irgend etwas wissen? Zieh den Schuh an.

CLAIRE
Nein, ich will nicht, nein, ich will nicht.

CECILE
Du wirst ihn trotzdem anziehn. *(Sie zwingt sie, ihren Schuh anzuziehen.)* Und jetzt hau ab.

CLAIRE
Ich will nicht abhaun.

CECILE
Du wirst abhauen, Idiotin.

CLAIRE
Ich werde wiederkommen.

CECILE
Versuch es doch. *(Claire geht ab. Zu Fak:)* Und du hör auf, um diese kleine Hure zu kreisen.

KOCH *(zu Monique)*
Ich bin ausgerutscht, ich frage mich auf welcher Schweinerei. Sehen Sie etwas, Sie?

MONIQUE
Nein, ich sehe nichts.

KOCH
Hören Sie?

MONIQUE
Nein.

KOCH
Hören Sie nicht den Lärm da draußen?

MONIQUE
Das sind die Hunde in den Mülltonnen.

KOCH
Schauen Sie, Monique, schauen Sie auf meinen Fuß.

MONIQUE
Er ist geschwollen. *(Sie bricht in Tränen aus.)* Alle beschimpfen mich, all diese Leute, die ich nicht kenne.

KOCH
Halten Sie sich an meinem Arm fest, Monique, wir werden versuchen, unauffällig hier hinauszukommen.

MONIQUE
Ich werde sagen, wir haben das Geld arbeiten lassen, ich werde Investitionspläne vorlegen. In zwei Stunden, Maurice, kann ich das vorbereiten. Das wird uns eine Frist geben. Ich bin fähig dazu, das den Verwaltungsrat schlucken zu machen. Sie wissen, daß ich dazu fähig bin, ich bringe jeden dazu, alles zu schlukken.

KOCH
Ja, ich weiß.

MONIQUE
Nur, Sie werden mir sagen müssen, wo dieses Geld hingekommen ist. Nicht jetzt, nicht sofort, aber es wird wohl sein müssen, Maurice.

KOCH
Ja, ich werde es Ihnen wohl sagen müssen, ich weiß. *(Er fängt an zu weinen.)*

MONIQUE
Kommen Sie, Maurice, unauffällig, man beobachtet uns nicht.

KOCH
Ich habe Schmerzen, ich kann nicht gehen.

MONIQUE
Wir sind gleich da, das ist die Tür, hängen Sie sich an mich.

CECILE *(zur Tür hin)*
Ich höre noch deine kleinen Schritte, kleine Hure, willst du auf deine Matratze abhauen, bevor ich komme?

RODOLFE *(schreit)*
Se largan, se largan![7]

CECILE *(Zu Charles)*
Carlos, halte ihn auf!

MONIQUE
Mein Gott!

Abad taucht auf, das Maschinengewehr in der Hand.

KOCH (Auf Abad zeigend)
Er ist es, sehen Sie, Monique, er ist durchnäßt, wie ich.

CECILE *(zu Koch)*
Nähern Sie sich dem da nicht, er beißt.

RODOLFE *(zu Cecile)*
Cállate, cabecita negra, cállate.[8]

CECILE *(zu Koch)*
Nähern Sie sich nicht, Monsieur, er ist nicht von unsrer Rasse, er ist nicht von einer Rasse, die für Dank ein Ohr hat.

Koch
Dank? Danken wofür? Ich habe keine Absicht zu danken, stellen Sie sich vor, sondern zu schimpfen.

Monique
Bluffen Sie nicht, Maurice, mein Gott! *(Zu Abad:)* Da, da sind die Schlüssel, nehmen Sie die Schlüssel.

Koch
Nein, geben Sie mir die Schlüssel.

Monique
Niemals.

Cecile *(sich vor Koch stellend)*
Er wird Sie nicht anrühren. *(Sie hängt sich an Koch.)* Bleiben wir beisammen, Monsieur; die Gefahr ist zu groß, halten wir uns die Hand. Gott, Monsieur, Gott selbst hat Sie an der Hand hierher geführt, daß wir uns vereinen gegen die Hunde und gegen die Wilden, lassen Sie uns nicht ertrinken zwischen den Wilden; mischen wir uns nicht mit den Hunden, zwischen denen wir leben hier; geben Sie mir Ihre Hand.

(Auf Charles zeigend) Schauen Sie auf die Füße dieses Kindes. Der Papst hat sie geküßt, am Gründonnerstag, gewaschen und geküßt, unter zehn auserwählten Kinderfüßen von Lomas Altas. Gott kann nicht zuerst auserwählen und dann vergessen. Wir werden Sie beschützen, wir werden Sie ernähren, wir werden Ihren Fuß pflegen, wir werden Ihnen wie Sklaven dienen. Und wenn der Papst die Füße dieses Kindes geküßt hat, können Sie doch die Hand seiner Mutter küssen. *(Sie hält ihm die Hand hin.)*

Koch *(zu Cecile)*
Schweigen Sie.

MONIQUE
Mein Gott! Er wird uns alle töten.

CECILE
Nein, nicht ihn, nicht ihn; er hat mir die Hand noch nicht geküßt.

Abad nähert sich Charles und hält ihm das Maschinengewehr hin. Charles nimmt es einen Augenblick, spielt mit dem Schußwähler.

KOCH *(löst sich von den zwei Frauen)*
Humbug.

Charles lacht, läßt die Waffe los, die auf den Boden fällt. Sirene eines Schiffes, nahe, auf dem Fluß. Ruhig, die Hände in den Taschen, sich Zeit nehmend, geht Charles ab.

KOCH *(nachdem er die Waffe aufgehoben hat, zu Abad, sich auf ihn stützend)*
Nicht vor ihnen, nicht vor diesen Leuten. *(Sie bewegen sich beide Richtung Hafendamm.)*

MONIQUE *(Koch verschwinden sehend)*
Ich werde die Polizei holen.

CECILE
Die Polizei, sehr gut, nur noch die Polizei kann hier etwas tun.

MONIQUE *(zu Cecile)*
Haben Sie ein Telephon?

CECILE
Nein, aber wenn Sie zu Fuß gehen . . . *(Sie stützt sich leicht auf Monique.)*

MONIQUE
Was ist das für ein Lärm?

CECILE
Das sind die Hunde. Den ganzen Tag lang betteln Sie, sie lecken dem Menschen die Schuhe, sie winseln an seinen Füßen; und in der Nacht nehmen sie Rache für einen Tag der Bitten und der Verachtung, indem sie das Schweigen von diesen Straßen jagen.

MONIQUE
Maurice, seine Uhr. *(Fak ist gegangen.)*

CECILE
Daß sie krepieren. *(Sie fällt. Rodolfe lacht und geht.)*

MONIQUE
Maurice! Mein Gott!

CLAIRE *(in der Nähe der Tür erscheinend; leise)*
Kommen Sie, der Tag kehrt zurück, kommen Sie, Sie werden weggehen können.

Sie tragen den Körper Ceciles hinaus.
Sehr matt erhellt sich der Hangar mit dem ersten Tageslicht.

★

Auf dem Hafendamm.
Ein sehr starker Wind, ein Hagelregen, stoßen Koch und Abad, die sich festhalten, wo sie können.
Das Maschinengewehr geht von Hand zu Hand.
Koch schreit über den Lärm hinweg.

KOCH
Beeilen Sie sich, beeilen Sie sich, Sie sehen aus wie jemand, der sehr lange braucht, um zu kapieren, warum er etwas macht. Sie haben jedenfalls nichts zu verlieren, wenn Sie mich es machen lassen. Nicht an Ihnen, an dieser Waffe halte ich mich fest. Wie funktioniert das Ding? Ich weiß nicht, ob es mir gelingen wird, es allein zu bedienen. Sicher, ja, es würde mir gelingen, wenn ich es wollte. Zeigen Sie mir, wie und wo man abdrücken muß, welchen Knopf. Regen Sie sich nicht auf, ich suche nur, ich werde nicht abdrücken. Halten Sie es, wenn Sie Angst haben.

Machen Sie schnell, zwingen Sie sich ein wenig, drücken Sie ab. Der Wind tut mir weh. Wenn ich zurückkehre, glauben Sie mir, mit dieser Frau, werden wir geradeaus zur Polizei gehen, wie die Leute von Welt, die wir sind; sie wird es wollen, sie wird sich an Ihnen rächen wollen, sie hat immer höher sein wollen als ihre Verhältnisse, sie ist ein Filz, ich hasse sie, sie wird Ihnen alles in die Schuhe schieben, und ich werde mit ihr gehen. Deshalb ist es in Ihrem Interesse, das; damit ich sie los werde, damit Sie mich los werden, und dann, ich schwöre es Ihnen, wird sie keinen Grund mehr haben, Ihnen etwas anzutun.

Halten Sie diese Maschine, sie ist zu schwer, ich kann mit dem Ding nicht umgehn, Sie haben nichts zu verlieren, wenn Sie es selbst machen. Ich habe Ihnen weh getan. Ohne es zu wollen, habe ich Ihnen weh getan; weil ich, weil ich ein Mann von Welt bin, das ist alles, und Sie sind es nicht; die Begegnung gibt keine Hochzeit her. Machen Sie es selbst, das wird Sie an mir rächen. Und ich werde mich los sein.

Was für Wege geht Ihr Denken, daß es soviel Zeit braucht? Wo ist es jetzt? An der Taille? An der Brust? Schneller, wenn ich bitten darf.

Sie ist ein Filz, und ich hasse sie. Sie hassen mich auch. Man müßte jeder auf seiner Seite leben, den Blick in das Eingeweide der eigenen Ländereien gekehrt. Man müßte die Begegnungen verbieten. Man müßte die Neugierde aus den Köpfen schneiden. Man müßte einer den andern wirklich hassen, aber nicht wie ein normaler Mann eine Frau haßt, Seite an Seite und in aller Form, nicht wie ein armes Schwein einen Mann von Welt haßt, sondern wie die Haut das Vitriol.

Verlieren wir keine Zeit damit, uns anzustarren, mir ist kalt, mir tun die Füße weh, mir tut alles weh, ich kann nicht mehr. Helfen Sie mir. *(Er hält Abad den Kolben der Waffe hin.)* Sie sehen doch, daß ich krank bin.

Abad legt die Hand auf das Maschinengewehr.
Ende der Morgendämmerung, Aufflug der Vögel, der Wind beruhigt sich.

★

Im Hangar, Morgenröte. Fak zieht Claire mit sich.

CLAIRE
Nein! Das ist nicht so dunkel wie ganz, ich hatte gesagt, daß ich hineingehen werde, wenn es ganz dunkel ist.

FAK
Es ist ganz dunkel, es kann nicht dunkler werden.

Claire
Es ist nicht so dunkel wie ganz, denn ich sehe dich.

Fak
Du siehst mich, weil du dich an die Dunkelheit gewöhnt hast.

Claire
Beeil dich, Mama ist krank, ich muß mich um sie kümmern.

Fak
Ich beeile mich, du bist es, die sich nicht beeilt. Ich bin gezwungen, dich zu ziehn.

Claire
Es ist so, daß ich nicht weiß wie und daß ich ein bißchen Angst habe, weil es nicht ganz dunkel ist.

Fak
Mach die Augen zu, ich führe dich, du brauchst mir nur zu folgen, ich kenne den Weg auswendig.

Sie durchqueren den Hangar. Claire stolpert.

Claire
Warum siehst du nicht, wo ich den Fuß hinstelle?

Fak
Weil du selbst sehn mußt, wo du deinen Fuß hinstellst und weil ich anderswo hinsehn muß.

Claire
Warum mußt du anderswo hinsehn, wenn du mit mir bist?

Fak
Weil, wenn man eine Sache macht, man schon immer an die nächste Sache denken muß, die man machen wird, sonst geht alles zu schnell.

Claire
Du hast mir gesagt, daß es mir großes Vergnügen machen wird, mit dir hier hereinzugehn.

Fak
Ja.

Claire
So groß, hast du mir gesagt, daß ich immer mit dir hineingehn will.

Fak
Ja.

Claire
Aber ich merke kein Vergnügen, jetzt.

Fak
Du hast es schon gehabt.

Claire
Wann?

Fak
Vorher.

Claire
Wann, ganz genau?

FAK
Als ich wollte, daß du mit mir dahinein gehst.

CLAIRE
Das ist alles?

FAK
Ja.

CLAIRE
Was mach ich jetzt?

FAK
Nichts.

CLAIRE
Wie lange mach ich nichts?

FAK
Nicht sehr lange.

CLAIRE
Ich habe Angst.

FAK
Das geht vorbei.

CLAIRE
Ich habe trotzdem Angst.

FAK
Das ist normal.

Feuerstöße auf dem Damm; Fak fickt Claire. Schrei Moniques auf der Autobahn, Fak läßt Claire los.

FAK
Es ist passiert. Ich muß gehn.

CLAIRE
Jetzt, wo du mich mitgenommen hast hier in die Mitte der Dunkelheit, kannst du mich nicht allein lassen, hier in der Mitte.

FAK
Ich habe nicht nur das zu tun.

CLAIRE
Und was wird aus mir, hier in der Mitte?

FAK
Ich weiß es nicht, du mußt es selbst wissen, nichts.

CLAIRE *(sich an Fak klammernd)*
Laß mich nicht allein jetzt.

FAK
Schrei nicht.

Er schlägt sie und geht weg. Claire sieht Fak durch die Tür zum Hafendamm verschwinden.

★

Am Hangar, in der hellen Sonne.
Charles nähert sich Rodolfe.

CHARLES
Ich komme, dir adieu sagen. Ich muß gehen, schnell, bevor es zu spät ist. Aber ich kann nicht gehn ohne adieu.

RODOLFE
Halt die Schnauze. Ich bin schon halb taub, und du füllst mir die Ohren. Ich habe schon gehört, was ich hören wollte.

CHARLES
Du bist halb taub und halb blind für alles, aber ich weiß, mich, mich hörst du, und du siehst mich, denn bei mir greift keine List. Du weißt, ich bin genauso taub wie du, genauso blind wie du für alles, was uns hier umgibt, deshalb will ich weggehn, solange ich noch weggehn kann. Aber dir allein mußte ich adieu sagen, du allein wirst mein Adieu gehört haben, und, das wissend, werde ich ruhig sein.

RODOLFE
Ich will dich nicht hören, dich.

CHARLES
Du wirst mich trotzdem hören.

RODOLFE
Was willst du eigentlich? Ich sehe da nicht viel, und ich höre nicht gut. Wer bist du eigentlich?

CHARLES
Ich bin dein Sohn, Charles, Carlos.

Rodolfe
Ich weiß davon nichts, du auch nicht, du noch weniger. Wer kann den Lauf des Wassers von der Quelle bis zum Meer verfolgen, und sicher sein, er täuscht sich nicht? Ich habe keinen Grund, meine Zeit zu verlieren, damit daß ich dir zuhöre.

Charles
Hilf mir weggehn. Ich habe noch nichts getan, das eine Bestrafung verdient; würdest du es gerecht finden, du, daß im Alter, wo ich Frauen brauche, um sie zu ficken, Anzüge zum Kaufen, Autos zum Fahren, im Alter, wo ich Geld verdienen könnte für all das, daß ich weiterhin dieses Alter da und dieses Geld ausgebe, um den Tod einer Alten zu finanzieren, und wenn sie sterben wird, bleibt mir nichts, und ein Mädchen zu füttern, für Jungen, die ich nicht kenne, und wenn sie sie abschleppen, auf die Schnelle, bleibt mir nichts, mein Alter ist vorbei und mein Geld im gleichen Augenblick. Deshalb geh ich heute weg und sage dir adieu, und ich bitte dich um deinen Segen, wie du es mir gelernt hast, daß ein Sohn seinen Vater um seinen Segen bitten muß, wenn er das Haus verläßt.

Rodolfe
Bitte deine Mutter und laß mich in Frieden.

Charles
Ich will meine Mutter nicht bitten.

Rodolfe
Du hast recht. Sie ist eine Hündin. Diese Hündin profitiert davon, daß ich kaum mehr gehen kann, und habe nur noch meine halbe Spucke auszuspeien. Diese Wilde streunte im Straßengraben; ich bin es, der sie herausgefischt hat wie eine Kaulquappe aus dem Teich. Der sie gewaschen hat, und angezogen,

der ihr alles gelernt hat. Wie man geht, ißt, lacht, weint. Gelernt, daß die Erde rund ist, und daß sich die Sonne herumdreht, ihr eine Sprache beigebracht hat, ihr, die nur die Sprache der Huren sprach, ihr die Religion beigebracht hat; und einmal ernährt, angezogen, gelernt in Spucknäpfe zu spucken und sich die Finger in einem Fingerspüler zu waschen, ist die Wilde in ihr aufgewacht, und sie hat angefangen, an meinem Unglück zu arbeiten, ohne Grund, nur für ihr verhurtes Vergnügen einer Wilden. So erreicht die Fäulnis eine gesunde Frucht, aber niemals erreicht die Gesundheit eine faule Frucht.

CHARLES
Also, mein Alter, denkst du, daß es gerecht ist, daß ich weggehe.

RODOLFE
Nichts, ich denke nichts, ich bin viel zu alt und viel zu dumm, zu denken; ich will nur, daß du mich in Frieden läßt.

CHARLES
Und ich, was ich will, mein Alter, ist nicht verflucht werden; alle sollen mich verfluchen, aber ich weiß, wenn du, du, mein Adieu gehört hast, ohne mich zu verfluchen, werde ich nicht mein ganzes Leben herumkreisen mit diesem Fluch, wie alle, die ihr Vater verflucht hat; der mir das gelernt hat, bist du.

RODOLFE
Jedenfalls, deine Mutter wird dich verfluchen; also laß mich in Frieden und geh im Kreis.

CHARLES
Ich pfeife auf den Fluch meiner Mutter.

RODOLFE
Du hast recht. Die Frauen verfluchen am Morgen und segnen plötzlich während der Nacht, und wenn der Morgen aufsteht, verfluchen sie wieder, und segnen noch einmal zu Mittag, es ist wie ein Wind, der in eine Richtung und in eine andere bläst und läßt die Bäume ganz gerade. Aber mein Fluch ist wie eine Hand voll Salz, die ich in den Tee werfe, und nichts mehr wird den Tee trinkbar machen.

CHARLES
Deshalb will ich nicht, daß du es tust.

RODOLFE
Ich werde es trotzdem tun, ich werde es trotzdem tun, rechne damit.

CHARLES
Warum? was erwartest du noch? Ich schaue dich an, und ich sehe, daß du fast nicht mehr gehen kannst, daß du halb taub und halb blind bist, daß dich das Leben vollkommen gebrochen hat, und daß du alt bist. Ich bewundere den starken Mann, herrschsüchtig, ich bewundere den Mann von dreißig, der um dich herum ist wie dein Schatten, und an den ich mich ein wenig erinnere. Aber heute ist dieser Mann nur mehr ein Schatten, und was wirklich existiert, ist ein alter Mann, zerbrochen, seine Stücke werden nie mehr zusammengeklebt. Während ich, schau mich an, die Stücke sind noch nicht zerbrochen, mein Alter um mich herum wie ein Schatten, aber die Wirklichkeit ist noch solid. Dir, dir kann man nicht mehr weh tun. Du kannst gut nicht mehr hoffen, ein Auto zu fahren, du kannst dich gut nicht mehr darum kümmern, wie du dich anziehst, du kannst gut die Idee fallen lassen, eine Frau zu fikken. Man kann dich nicht mehr daran hindern, das zu tun,

denn du wirst es auf jeden Fall nicht mehr tun. Aber mir, mir kann man noch weh tun. Und wenn die Zukunft Mitleid mit den Alten hat, und sie vergißt, können die Alten gut Mitleid mit denen haben, auf die die Zukunft lauert wie ein Feind.

RODOLFE
Ich verstehe nichts von dem was du sagst, der Krieg und das Alter haben mich halb gaga gemacht, ich weiß nicht einmal mehr genau, wer ich bin, also was willst du von mir.

CHARLES
Du bist mein Vater, ob du es willst oder nicht, und das, dein altes Gehirn kann es nicht vergessen.

RODOLFE
Wie kannst du so sicher sein, daß ich dein Vater bin, du, da ich es selbst nicht bin? Jedenfalls, die Mütter sind die Papas und die Mamas zugleich; ein Vater, das ist wie ein kleiner Regenschauer auf den Ozean, keine Zeit zu sehen, wo die verdammten Tropfen hingekommen sind. Und dann, ich habe damit nichts zu tun, das geht mich alles nichts an.

CHARLES
Also, ich will, wenigstens, daß du dich an mich erinnerst. Nur das. Ich will in der Erinnerung von jemand bleiben, wie du es mir gelernt hast, daß man in der Erinnerung von jemand bleiben muß, um nicht zu sterben, auch in der Erinnerung eines alten Gehirns wie deinem. Das, du wirst es mir nicht verweigern. Du kannst es mir nicht verweigern.

RODOLFE
Ich kann. Ich vergesse alles, ich habe keine Erinnerung mehr. Außerdem, ich habe dich schon vergessen.

CHARLES
Warum willst du mein Unglück?

RODOLFE
Weil ich dir nichts will.

Charles geht ab.

★

»Was ist das für ein Haus, in das Sie mich eintreten lassen, und das ein so einzigartiges Bauwerk formt? Was bedeutet die wundersame Höhe der verschiedenen Mauern, die es umgeben? Wohin bringen Sie mich?«

Marivaux

Die Autobahn, Nachmittag.
Claire hat Monique fertig gekämmt.
Cecile in einer Ecke, allein.

CLAIRE *(zu Monique, die aufsteht)*
Wohin wollen Sie abhaun jetzt, heimlich?

MONIQUE
Die Polizei holen. Lassen Sie mich los, kleine Dumme, lassen Sie mich los.

CLAIRE
Gehn Sie nicht.

MONIQUE
Ich werde hingehn, mein Gott! Sie werden mich nicht daran hindern, kleiner Unrat.

CLAIRE
Warum wollen Sie uns noch mehr weh tun, wenn alles für Sie verpatzt ist? Was haben Sie noch davon, uns weh zu tun?

MONIQUE
Ich werde euch alles Böse tun, das ich finden kann, alles Böse, das mir in den Kopf kommt, wird für euch sein.

CLAIRE
Er hat sich selbst getötet, niemand von uns hat etwas damit zu tun.

MONIQUE
Sich selbst? Sicher nicht. Sich selbst? Ich kenne ihn, er hat geblufft. *(Sie weint.)* Was soll ich tun? Was soll ich tun?

CLAIRE
Haun Sie nicht ab. Der Weg ist sehr lang, Stunden und Stunden, Sie werden sich verlieren. Sie werden durch Straßen gehen, ganz allein, in der Mitte von Straßen. Ihre Schuhe werden sehr laut klappern und die Leute aufwecken, man wird Sie beobachten und Sie einkreisen, man wird Ihnen folgen Stunden und Stunden, und Sie werden verloren sein.

MONIQUE
Lassen Sie mich, ich weine.

CLAIRE
Haun Sie nicht ab, Madame, haun Sie nicht ab. Ich werde selbst gehn, Reifen für das Auto holen, und Benzin für Ihren Tank und Handtücher für Ihre Tränen, und wenn alles wieder ruhig sein wird, werden Sie mit dem Auto zurückkehren, ruhig, und ruhig werden Sie wissen, wem Sie böse sind und wem nicht.

MONIQUE
Sei ruhig, ich weine.

CLAIRE
Die Nacht, Madame, wird sehr schnell fallen, sie wird fallen, während Sie sich in den Straßen verlieren, ganz allein, und dann können Sie weinen, und niemand, niemand wird Ihre Augen

trocknen. Haun Sie nicht ab, Madame, heimlich, haun Sie nicht ab. Wir werden Sie nicht stören; Sie werden bleiben, würdevoll, in Ihrer Ecke, wartend, daß der Tag vergeht und wiederkommt, und daß Ihre Ruhe wiederkommt, Madame, würdevoll, in Ihrer Ecke.

MONIQUE
Laß mich.

CECILE *(zu Claire)*
Komm, hilf mir, steh nicht da und tu nichts.

Claire schaut Monique an, die sich entfernt.

★

»Ich nenne ihn Schwätzer, Lügner, Betrüger, denn wenn er nach einem kurzen Schlaf erwacht, stöhnt er schon und begehrt ein andres Lager: wenn ich ein bißchen in deiner Gnade wäre, wenn du dich nur einmal rühren ließest von meiner Traurigkeit und meinem Ekel vor dem Leben, wenn du wenigstens nicht so grausam wärst, daß du mich beraubst aus reiner Bosheit um den letzten Platz meiner Ruhe, auf den jedes Wesen ein Recht hat, wenn du einen Augenblick mein Gebet hören würdest, und wenn du dich erweichen ließest, würdest du mir verhelfen zu diesem Platz der Ruhe, weil ich dir verspreche, sobald ich den erreicht habe, begehre ich nicht mehr, ich halte mich an den, ich werde mich niederlegen, und nie mehr diesen Platz verlassen, nie mehr wirst du hören, daß ich mich beklage. Aber kaum hat er das Objekt seiner Gebete in Besitz genommen, steht er auf, gesättigt und nach einem kurzen Schlaf und mit vagem Bedauern, erhebt seinen Kopf, begehrt ein andres Lager und winselt neu.

Das ist die Hündin, die den Menschen an ihrer Leine hält, der Sklave, der den Herrn verhöhnt, der Vogel, der das Kind in den Käfig sperrt. Ich will nicht mehr mit ihr sprechen, nicht mehr hören, nicht mehr nachgeben und mir keine Träne mehr herausziehen lassen; ich will böse und hart und ohne Herz sein, jetzt ich, und ihr den Maulkorb aufsetzen, wie einer Bastardin, die schlecht dressiert ist, und auf sie einschlagen, bis sie sich niederlegt, wenn ich ihr sage, leg dich nieder, und sich verkriecht, wo ich ihr sage, daß sie sich verkriechen soll, daß man am Ende sieht, wer wem gehorcht.

Ich habe sie mit einem Stock geschlagen, um ihr Respekt beizubringen, aber ich habe sie nur härter gemacht und trotzig; ich habe sie in das eiskalte Wasser getaucht, um ihr das Schweigen beizubringen, aber ich habe nur ihre Neugierde erregt; ich habe sie mit Stacheln gestochen, daß mit ihrem

Blut die Bosheit und meine Schmerzen, die sie mir zufügt, ausrinnen, aber ich habe ihr nur den Geschmack der Schmerzen geschenkt. Sie rüttelt die Tür, sie schreit: Laß mich hinaus, führ mich in der Welt spazieren, laß mich nicht eingesperrt wie eine alte Ehefrau, die nicht mehr gebraucht wird, und für die du dich schämst. Aber wenn ich sie hinausführe, fügt sie mir Brandwunden zu, wie die Regel der Frauen, und Hautjucken, und wenn ich sie nicht hinausführe, behext sie mich, und meine Haut wird gelb, bedeckt sich mit Ausschlag und die Gedärme tun mir weh.

Das ist der Sklave, den ich nicht befreien kann, der Hund, den ich nicht schlachten kann, sondern im Gegenteil, ich muß mich an ihre Leine klammern mit Händen und Zähnen, denn ihr Name ist der meine, und ich will nicht, daß der Name meiner Existenz unter den Menschen ausgelöscht wird, noch mein Grund zu existieren verneint in dieser Welt.« sagt Fak.

CECILE
Trag mich bis zur Küche, los, beweg dich, ich will nicht hier bleiben.

CLAIRE
Du bist zu schwer, ich werde dich nie allein tragen können.

CECILE
Idiotin. *(Leise)* Versteck mich, ich will nicht, daß Rodolfe mich sieht, ich höre ihn grinsen, da hinten, geh mir mein Tuch holen und versteck mich darunter, ich will aussehn wie ein kleiner Haufen Steine. *(Zornig)* Mach sauber um mich herum, es ist ekelhaft, geh den Kübel holen und wisch auf.

CLAIRE
Es gibt kein Wasser.

CECILE
Du hast Wasser gefunden für deinen Kaffee, und um dich herauszuputzen wie eine kleine Hure. Geh zum Fluß mit dem Kübel.

CLAIRE
Es ist zu weit, es ist zu schwer, es ist zu schmutzig, ich will nicht.

CECILE
Wer hat dir gelernt, so zu antworten? *(Leise)* Ruf deinen Bruder.

CLAIRE
Er ist abgehaun.

CECILE
Unsinn. Ruf deinen Bruder.

CLAIRE
Nein, ich will keinen Bruder mehr haben.

CECILE
Was glaubst du, was du ohne ihn sein wirst? Wer hat dich gemästet, kleine Hure? *(Leise)* Ich will nicht schmutzig sein, ich will nicht schlecht riechen, und niemand sagt es mir. Wasser, mein Schatz, meine Blume, meine Sonne, bring mir Wasser. *(Zornig)* Ruf Rodolfe, sofort, er llammes a Rodolfo, te digo, idiota.[9]

CLAIRE
Was sagst du?

CECILE
Que venga pronto, no, que no venga, que desparezca, que se muera, ya bastante me jodió toda mi puta vida.[10]

CLAIRE
Hör auf, Mama, hör auf. *(Sie weint.)*

CECILE
Ese impotente me hizo echar raíces en este país salvajes, ese castrado me metió en la cama de los salvajes, me hizo fornicar con las larvas, hizo que se acoplara la orquídea con el cardo, y héme aqui reventando en medio de esta mierda.[11]

CLAIRE *(laufend, verwirrt)*
Papa, Papa, komm schnell, ich verstehe nichts von dem was sie sagt.

CECILE
Quiero regresar a las Lomas Altas, nò, no quiero regresar allá, el aire allá, esta podrido y huele a mierda, allá he perdido todos

mis colores y mis fuerzas y mi virilidad, allá me gastaron la vida y a cambio me dieron una bolsa de guijarros que debo arrastrar noche y déa por el mar, por los puertos, hasta que me caiga de cansancio.[12]

Claire kommt zurück, Rodolfe hinter sich ziehend.

RODOLFE
Laß mich in Frieden, Bastard.

CLARE
Was sagt sie, Papa, was sagt sie?

RODOLFE
Ich will es nicht wissen.

CECILE
Imanasqam Maria?? Imanasqam noqa wachuchikurqani supaywan, nina nawiyuqwan, wachachikuwananpaq? Dolores, Mariapa maman, niykuway? imanasqam supaywan wachuspa, Mariata wachana? Imanasqam? Niykuway Carmen? imanasqam wachuchikurqani Doloresta wacha naypaq, paypas Mariata wachananpaq, Mariapas, qanra chuchumeka, hatun rakayuq, paypas wachananpaq?[13]

RODOLFE
Die Indianerin wacht auf. *(Er lächelt.)*

CLAIRE
Was sagt sie, was sagt sie, Papa?

CECILE
Cheqnisqa kachun llapallan tuta, chay warmikunapa tutan, waytarukuspa, pantasqa supaywan wachuchikuna tuta, pay-

kuna waytakurukuspa, satirachikuspa isqon killamanta anchata qaparinqaku qanra qocha patanpi; cheqnisqa kachun warmipa qaparitynin, chawpi tutapi warmi wawata wachakuspa; chay warmi wawakunapas, winaspa, waytarikunqaku, wachuckikunqaku, qaparinqaku. Cheqnisqa kachun llapa warmikunapa rakan, cheqnisqa kachun Runa Kamaq, cheqnispa warmita rurarqa, pantasqa, yarqasqa runapa pisqonwan satichikunanpaq.[14]

RODOLFE
Die Indianerin schläft ein. *(Cecile schaut die Sonne an, die Sonne sinkt.)*

Cecile bewegt sich nicht mehr, Claire flüchtet.
Rodolfe, plötzlich wütend, nähert sich Cecile und zieht ihren Rock über ihre Beine.
Sehr weit die Silhouette von Monique, die sich entfernt.

★

Das Innere des Hangars, im dunkelroten Licht des Abends. Claire, ganz außer Atem, hält Charles an, der auf den Hafendamm zugeht.

CLAIRE
Und wenn ich dir sage, ich kann machen, daß du Zeit und Geld gewinnst, wenn ich dir sage, ich werde dir mehr Zeit geben, ich, als notwendig ist, um im Leben Erfolg zu haben, Charlie, und die beste Methode, mehr Geld zu verdienen als notwendig ist in einem Leben, und den Kniff besser und stark zu sein, vor all den andern?

Ich kann machen, ich für dich, Charlie, was niemals jemand für dich machen könnte; ich kann mich um dich kümmern, wie sich niemals jemand um dich kümmern wird; ich kann sein für dich, unter deiner Hand, was niemand anderer unter seiner Hand hat, und so hättest du deine ganze Zeit für das ganze Übrige. Wenn ich dir sagte, Charlie, daß ich dich lieben kann wie niemals jemand dich lieben wird?

Du wirst deine Zeit verschwenden, Charlie, halb um Geld zu verdienen, halb um jemand zu suchen, der dich liebt, während mit mir könntest du deine ganze Zeit für das Geld nehmen, ohne dich herumzuschlagen mit dem Rest; ich, ich würde dich lieben, wie niemals jemand dich lieben wird, du hättest nur mehr eine Sache im Kopf, eine einzige Sache zu suchen und zu finden, brauchtest dich nur um dich zu kümmern und verdientest dein ganzes Geld.

Du würdest den andern zusehen, Charlie, wenn sie jemand suchen, der sie liebt so oder so, eine da und eine dort, ein bißchen und ein kleines bißchen, und dann präsentieren sie die Rechnung; mit mir gäbe es keine Rechnung, die Sache ist geritzt; du brauchtest nichts, weder mich anschaun, noch mit mir sprechen, weder an mich denken, noch mich überhaupt lieben, nur mich haben unter der Hand; du könntest lieben, Charlie, wen du wolltest und, du, selbst die Rechnung präsentieren. Du hättest nur mehr, Charlie, den Profit von allem, und du würdest lachen, wenn du den andern zuschaust; es wäre zu dumm, Charlie, nicht den Profit zu machen.

Wenn ich dir sagte, daß ich dich lieben kann, Charlie, wie niemand dich lieben können wird? Ich kann, ich, dich lieben, ob es Tag ist oder ob es Nacht ist, im Winter und im Sommer, wie du willst und wo du willst, hier oder woanders. Wenn ich dir sagte, daß ich dich so liebe, Charlie, daß es nur dein Vorteil ist, und daß ich dich weiter so liebe, und weiter, wie niemand das können wird, Charlie.

Claire schaut Charles nach, der sich entfernt. Nacht.

★

Auf dem Hafendamm.
Abad, Charles, Fak, die Kalashnikow.
Fak ist dabei, den Körper Kochs mit Mühe zum Wasser hinzuziehen.

CHARLES *(zu Fak)*
Er ist schwer, oder bist du müde.

FAK
Er ist schwer.

CHARLES
Wenn man tot ist, fliegt die Seele weg und findet sich vor dem Lieben Gott wieder, der urteilt und entscheidet, wer in den Himmel kommt und wer in die Hölle kommt.

Er fragt nach dem durchschnittlichen Jahreseinkommen, und man muß entweder einen Gehaltszettel oder eine Steuererklärung vorlegen, um zu beweisen, was man angibt. Alle, von denen bewiesen ist, daß ihr Einkommen eine gewisse Summe überschreitet, kommen in den Himmel, und in die Hölle die andern. Sie prüfen auch die Kleidung *(den Anzug Kochs prüfend)* das ist ein Jean-Raymond-Anzug.

Abad hebt die Kalashnikow auf, bringt sie in die Position Schuß nach Schuß, schießt auf den Fluß. Wutgeschrei einer Welle, Fak stößt den Körper ins Wasser. Sirenen eines Schiffes, entfernt.

FAK
Ich bin müde.
(Er legt sich nieder und schließt die Augen.)

CHARLES *(schaut dem Körper Kochs zu, der auf dem Wasser treibt)*
Im Himmel gibt es reiche Villen, von Dobermanns bewacht, mit Rasenflächen und Tennisplätzen; man serviert Drinks vor den Mahlzeiten, und sogar die Engel, die dort als Diener arbeiten, sind mit Westons beschuht. In der Hölle wohnt man in leeren Karosserien. *(Er lacht.)* Humbug.

FAK
Ich weiß jetzt, warum er nicht schwer genug war. Ich habe vergessen, die Steine wieder in seine Taschen zu tun. Jetzt muß er schwimmen.

Abad schießt auf den Fluß. Er ruft ein kleines Gewitter hervor. Es regnet.

CHARLES
Vielleicht, mit einem falschen Gehaltszettel. *(Er lacht, schaut Abad an.)*

FAK *(die Augen öffnend)*
Er schwimmt. *(Lärmender Aufflug der Vögel, ganz in ihrer Nähe.)*

Abad richtet die Waffe auf Charles und schießt.

Übersetzung der spanischen und indianischen Texte

Spanische Texte

1 Geh voraus und mach dem Neger Angst, beeil dich.
2 Beeil dich, machorrón, beeil dich!
3 Was hast du mit dem Neger gemacht, machorrón? Ich fürchte um das Terrain.
4 Und der Neger, machorrón?
5 Weine nicht, cabecita negra, ich werde noch mit dir weinen.
6 Komm, komm näher, Verlaß mich nicht, machorrón.
7 Sie gehn, sie gehn!
8 Schnauze, Cabecita negra, Schnauze.
9 Rufe Rodolfe, sage ich dir.
10 Daß er sofort kommt, nein, daß er nicht kommt, daß er verschwindet, daß er krepiert, er hat mich genug scheißen gemacht in meinem Hurenleben.
11 Dieser Untaugliche hat mich Wurzeln schlagen lassen in diesem Land der Wilden, dieser Impotente hat mich in das Bett der Wilden gestoßen, er hat gemacht, daß ich es mit den Larven treibe. Er hat die Orchidee mit dem Löwenzahn verkuppelt, und da bin ich, um zu krepieren, mitten in der Scheiße.
12 Ich will nach Lomas Altas zurückkehren, nein, ich will nicht dahin zurückkehren, die Luft ist verdorben dort und riecht nach Scheiße; ich habe dort alle meine Farben und meine Kräfte und meine Mannheit verloren, ich habe dort mein Leben verloren, und man hat mir dafür einen Beutel mit kleinen Steinen gegeben, den ich Tag und Nacht auf dem Meer und in den Häfen tragen muß, bis ich umfalle vor Müdigkeit.

Quechua Texte

13 Warum, Maria, sag mir, warum hast du es getrieben mit dem rotäugigen Schakal und geboren mich? Sag mir, Dolores, Mutter Maria, sag mir, warum hast du es getrieben mit dem Schakal und geboren mich? Sag mir, Dolores, Mutter der Maria, sag mir, warum hast du es getrieben mit dem Schakal und geboren Maria, und warum, sag mir, Carmen, die geworfen hat Maria, die Hure, ausgerüstet mit allem, was man braucht, um zu gebären, jetzt die.

14 Verdammt seien die Nächte, in denen die Frauen sich herausputzen, um es zu treiben mit dem Schakal, und werfen den Putz aus neun Monate später auf einem gehaßten Strand und schreiend; verdammt die Schreie der Frauen im Herzen der Nacht, die andere Frauen geboren haben, die sich herausputzen werden und auswerfen den Putz mit Schreien, verdammt sei das Instrument der Vermehrung der Frau und verdammt sei der Gott, der die Frau verdammt hat mit dem schweifenden Instrument des Mannes wie ein ausgehungerter Schakal.

Für die Inszenierung von ›Quai West‹

Es wäre gut, von vornherein zu bedenken, daß jedes Sprechen ironisch und jede Bewegung schwerwiegend ist; so ließe sich vermeiden, Dinge ernst zu nehmen, die es nicht sind, Szenen traurig zu machen, die komisch sein müßten, und alles Tragische dieser Geschichte zu beseitigen.

So erhält die erste Szene von Monique und Koch in der Dunkelheit dann ihre richtige Bedeutung, wenn man sich zuallererst darum bemüht, zwei Personen zu zeigen, die versuchen, auf einem glitschigen Boden zu gehen. Denn es geht in dieser Szene vor allem um die Frage, die gestellt und nicht beantwortet wird: Wer folgt wem? Wer führt wen?

Der Text ist vielleicht manchmal zu lang zum Spielen; die Schauspieler hingegen sind immer zu langsam. Sie haben die Tendenz, die Worte nicht zu sagen, sondern sie abzuwägen, sie zu zeigen, ihnen einen Sinn zu geben. Tatsächlich müßte man den Text immer so sprechen, wie ein Kind seine Hausaufgaben aufsagt, während es furchtbar gern pinkeln möchte; es macht schnell, hüpft dabei von einem Bein auf das andere, und wenn es fertig ist, beeilt es sich, das zu tun, was es die ganze Zeit im Kopf hatte.

Man sollte nie versuchen, vom Sinn des Gesagten auf die Psychologie der Personen zu schließen; im Gegenteil, von dem, was sie tun, muß man darauf schließen, wer sie sind, und abhängig davon sollten sie den Text sprechen.

Die eingerahmten Passagen sind wie Romanmonologe geschrieben und dürfen natürlich nicht gespielt werden; aber es sind auch keine Texte für das Programmheft. Sie haben jeweils ihren Platz zwischen zwei Szenen beim Lesen des Stücks, und dort müssen sie bleiben. Denn das Stück ist sowohl für die Lektüre wie für die Aufführung geschrieben.

Wenn man Striche machen muß, dann nicht unbedingt in den langen Monologen. Man kann sich natürlich sagen: Zu Beginn des Monologs ist Charles hier, am Ende ist er da, beeilen wir uns also, von einem Punkt zum anderen zu kommen. Das ist eine Fehlkalkulation, denn Charles, der von nirgendwo kommt und nirgendwo hingeht, nimmt sich auf jeden Fall seine Zeit; und verweigert man ihm dies, verweigert man ihm schlicht zu leben. Was man von Charles sehen kann, das ist genau die Zeit, die er braucht, um von einem Punkt zu einem anderen zu kommen, und die Gangart, die er wählt.

Aus denselben Gründen darf man in der ersten Szene von Koch, Charles und Abad auf der Mole nicht an den Schritten sparen, die Charles zwischen Koch und Abad, zwischen Abad und Koch zurücklegen muß.

Charles ist weder schwach noch lax noch unentschieden. Er ist ganz einfach ‚verhindert'; damit will ich sagen, daß der leichte Abstand zwischen ihm und dem Leben die eigentliche Ursache für das Nichtzustandekommen seiner Vorhaben ist.

Ich sehe nicht recht, wie man verhindern könnte, daß Rodolfe monströs erscheint; er ist ein Monstrum, denn er ist glücklich; das ist nie besonders hübsch anzusehen. Ganz am Schluß läßt er sich vielleicht in seinem Glück ertappen, wie ein Mörder, der eines schönen Tages dahin kommt, mit seinem Verbrechen zu prahlen. Dann mag er uns einen Moment lang so vertraut vorkommen wie die Schnauze eines Hundes, den man von einer Mülltonne wegzerrt.

Das Schlimmste, was Koch passieren kann, ist, daß man ihn leidend und tiefsinnig macht, wo er doch kapriziös und geheimnisvoll ist. Die eigentliche Tiefe von Koch, wenn es denn eine gibt, beruht auf der Vielzahl von Schranken, die er zwischen dem, was er preisgibt, und seinem Geheimnis aufgerichtet hat; das geht so weit, daß man, wenn man glaubt, endlich den Kern des Problems entdeckt zu haben, sicher sein kann, daß es sich auch dort noch um eine Schranke handelt, die er aufbaut, um zu verhindern, daß man noch weiter eindringt; bis dahin, daß es nicht einmal sicher ist, ob es am Ende überhaupt ein Geheimnis gibt, oder ob Koch nicht vielmehr einer unendlichen Reihe von Pharaonen-Särgen ähnelt, die, einer in den anderen geschachtelt, dazu bestimmt sind, den Blick zu täuschen; und der Wunsch, das unendliche Mysterium dieses Grabes zu entweihen, führt den Forscher vermutlich zur Entdeckung einer letzten Kiste, die nichts als einige tote und bedeutungslose Gebeine enthält.

Was Fak betrifft, wäre es gut, wenn man am Ende darauf käme, daß er Asiate ist, im Äußeren eher schmächtig, und von gefährlicher Stärke; er muß auf jeden Fall den Eindruck vermitteln, daß er, wenn er wollte, einem diese ganze kleine Welt mit einem Fußtritt niedermachen könnte. Aber er hat Sinn für Spiel, Wettstreit und Erfolg; er springt von Taktik zu Taktik, und man muß versuchen, ihm auf diesem Gebiet zu folgen; denn das, und nur das, hält das Stück am Leben. Es wäre besser, Fak nicht eine emotionale Tiefe zu geben, die er nicht hat oder die man nur schwer begreifen könnte. Er ist wirklich der harte Typ.

Man darf Cécile nicht für eine Verrückte halten. Das tut bereits ihre ganze Umgebung. Man hält Cécile für eine Verrückte, wenn man sie für eine Mutter, für eine Aristokratin im Exil oder für eine Indianerin hält, die über ich weiß nicht welche magischen Kräfte verfügt; während sie nichts anderes ist – sie sagt es selbst – als eine im Schrank eingesperrte Fliege, die todsicher krepieren wird, bevor man die Tür geöffnet hat.

Wenn man jemanden für verrückt hält, in einer der tausend Variationen, die es gibt, jemanden für verrückt zu halten, kenne ich drei mögliche Reaktionen:
– eine unerschütterliche Würde zur Schau stellen;
– zeigen, wie sehr man den Verrückten spielen kann. (Dabei handelt es sich um eine Kunst, die eine Spezialität der Schwarzen im Getto von San Francisco war; sie wurde das ‚mau-mauing' genannt und beruhte auf folgender Überlegung: der Weiße hält uns für Wilde, bieten wir ihm also eine echt wilde Nummer.)
– Cécile sagt: euch zeige ich, wie sehr ich verrückt sein kann, so verrückt, daß ich mit den Füßen in der Scheiße vorgebe, eine unerschütterliche Würde zur Schau zu stellen.

Die eigentliche Arbeit der Schauspielerin, die Cécile spielt, wäre zu zeigen, daß sie jeweils das nicht tut, was sie gerade zu spielen scheint, das nicht wünscht, worum sie gerade bittet, sondern daß sie wie ein Spiegel ist und wiedergibt, was man von ihr erwartet, es wiedergibt mit einem solch starken Licht, daß sie es schafft, den Partner zu blenden.

In diesem unendlichen Verteidigungsspiel verschwendet Cécile eine unendliche Energie; manchmal verliert sie den Faden und fragt sich: Wo war ich stehengeblieben? Und in diesem Spiel eines unendlichen Mysteriums weiß sich Koch in einer gewissen Ähnlichkeit zu ihr.

Claire hängt sich an die Verfolgung von Monique; sie erreicht sie am Ende. Monique, das ist einer jener endlosen Theatertode, wo der verletzte Held Gründe für seinen Tod aufhäuft, um nicht zu sagen, daß er einfach so, ohne Grund, stirbt. Claire hingegen, die ungeduldig ist, Kaffee trinkt, schnell lernt und sogleich Theatertode schöner findet als das Leben, hat es eilig, sich vom Leben ziehen zu lassen, bis zu dem Moment, wo sich das Leben von ihr entfernt, mit dem leisen Klapp-klapp der Absätze von Charles auf dem Boden; und am Ende des Stücks bereitet sie sich auf den Beginn ihres Sterbens vor, zweifellos mit den Flüchen und Seufzern, die sie von Monique abgeschaut hat.

Ich habe festgestellt, daß es, obgleich es aller Welt selbstverständlich erscheint, daß eine Männerrolle von einem Mann gespielt werden sollte, ein Alter von einem Alten, eine junge Frau von einer jungen Frau, gleichwohl üblich ist, davon auszugehen, daß die Rolle eines Schwarzen von jedem X-Beliebigen gespielt werden kann; man staffiert sie dann, sei es mit einer Maske oder mit Farbe aus, oder mit einem ‚Grund', schwarz zu sein – und wenn man den ‚Grund' dann gefunden hat, kann man ihn selbstverständlich übertünchen. Wenn man jedoch etwas genauer hinsieht und berücksichtigt, wie er getauft wird, und an den Flecken denkt, den er im Schnee hinterläßt, als er zum ersten Mal auftaucht, dann erscheint es mir offensichtlich, daß Abad unbedingt von schwarzer Hautfarbe sein muß. Gerade weil es keinen Grund dafür gibt, ist er es auf jeden Fall; und wenn man das wegläßt, kann man ebensogut das Wasser weglassen, die Halle, Rodolfe, die Sonne und das Stück.

Abad weigert sich, mit irgend jemand anderem als mit Charles zu sprechen, und auch noch dort geht er sparsam mit Worten um und flüstert ihm ins Ohr. Ich habe nicht deshalb für ihn eine stumme Rolle gewählt, weil es so leichter war – obgleich es das tatsächlich war –, sondern weil es unumgänglich war. Abad ist nicht das Negativ einer Person innerhalb des Stücks; das Stück ist das Negativ von Abad.

Man muß deshalb den Schauspieler, der Abad spielt, im Hinblick darauf wählen, was er zu tun hat, und nicht im Hinblick darauf, was er nicht zu tun braucht. Zweifellos muß er nicht sprechen können, aber wenn man ihn in eine geschützte Ecke setzt, verbreitet sein Körper einen Dunst. Daraufhin muß man ihn aussuchen.

Für das Stück schließlich ist es am schlimmsten, wenn man es sentimental und nicht komisch macht. Auf keinen Fall darf man auch nur eine Szene des Stücks als eine Liebesszene interpretieren, weil keine Szene als Liebeszene geschrieben ist. Es sind Szenen, in denen Geschäfte gemacht, getauscht und gedealt wird, und so muß man sie spielen. Es gibt keine Zärtlichkeit bei Geschäften, und man darf sie dort nicht hinzufügen, wo es sie nicht gibt. Die einzige Passage, die als eine Liebesszene behandelt werden könnte, ist der Dialog zwischen Monique und Charles nachmittags auf der Autobahn, in dem es um technisches Können, Bremsen und die Anzahl der Zylinder des Jaguar geht. Man muß davon überzeugt sein, daß die Liebe, die Leidenschaft und die Zärtlichkeit, und ich weiß nicht was sonst noch, von sich aus ihren Weg finden; wenn man sich absichtlich zu sehr darum kümmert, macht man sie immer klein und lächerlich.

Aus dem Französischen von Theresia Birkenhauer

In der Einsamkeit der Baumwollfelder

Ein Deal *ist eine geschäftliche Transaktion, die verbotene oder strenger Kontrolle unterliegende Güter zum Gegenstand hat und zwischen Lieferanten und Nachfragenden an neutralen, nicht näher bestimmten und zu diesem Zweck nicht vorgesehenen Plätzen vermittels stillschweigenden Einvernehmens, vereinbarter Zeichen oder doppeldeutigen Wortwechsels – mit dem Ziel, das Risiko des Verrats und des Betrugs, das mit einer solchen Vorgehensweise verbunden ist, zu umgehen – abgeschlossen wird, und zwar unabhängig von den gesetzlich festgelegten Öffnungszeiten offizieller Geschäftslokale, sondern eher zu den Stunden, in denen diese geschlossen sind.*

DER DEALER
Wenn Sie zu dieser Stunde und an diesem Ort draußen unterwegs sind, dann darum, weil Sie etwas wünschen, was Sie nicht haben, und dieses Etwas kann ich Ihnen beschaffen; denn wenn ich seit längerer Zeit und für längere Zeit als Sie an diesem Ort bin, und wenn selbst diese Stunde, die Stunde des wilden Umgangs der Menschen und Tiere untereinander, mich nicht von ihm vertreibt, dann darum, weil ich dasjenige habe, womit sich der Wunsch desjenigen, der an mir vorübergeht, befriedigen läßt, und es ist wie eine Last, die ich loswerden muß an jedes Wesen, Mensch oder Tier, das an mir vorübergeht.

Darum trete ich an Sie heran, trotz dieser Stunde, der Stunde, zu der für gewöhnlich Mensch und Tier sich wild aufeinanderstürzen, trete ich mit offener Faust und Ihnen zugewandten Handflächen an Sie heran, mit der Demut des Anbieters gegenüber dem Käufer, mit der Demut des Besitzenden gegenüber dem Wünschenden; und ich sehe Ihren Wunsch, wie man ein Licht sieht, das in der Dämmerung hoch oben im Fenster eines Hauses aufleuchtet; ich trete an Sie heran, wie die Dämmerung an dieses erste Licht herantritt, sachte, ehrerbietig, fast liebevoll, während unten auf der Straße Tier und Mensch an ihren Leinen zerren und wild gegeneinander die Zähne blecken.

Nicht, daß ich erraten hätte, was Sie sich wünschen können, noch daß ich darauf drängte, es zu erfahren; denn der Wunsch eines Käufers ist die schwermütigste Sache der Welt, die man betrachtet wie ein kleines Geheimnis, das nur darauf wartet, gelüftet zu werden; wie ein Geschenk, das einem eingepackt überreicht wird und bei dem man sich Zeit läßt, bevor man es aufschnürt. Sondern darum, weil ich selber seit der Zeit, die ich an diesem Ort bin, alles gewünscht habe, was jeder Mensch oder jedes Tier in dieser Stunde der Dunkelheit wünschen kann und was ihn veranlaßt, trotz des wilden Knurrens der unzufriedenen Tiere und der unzufriedenen Menschen aus dem Haus zu treten; darum weiß ich besser als der ängstliche Käufer, der noch eine Weile sein Geheimnis wahrt wie eine kleine Jungfrau, aus der einmal eine Nutte werden soll, daß ich das, wonach Sie mich fragen werden, schon habe und daß Sie mich nur danach zu fragen brauchen, ohne sich verletzt zu fühlen durch die augenscheinliche Ungerechtigkeit, die darin liegt, gegenüber dem Anbieter der Nachfragende zu sein.

Denn es gibt keine wirkliche Ungerechtigkeit auf dieser Erde außer der Ungerechtigkeit der Erde selbst, die unfruchtbar ist vor Kälte oder unfruchtbar vor Hitze und selten fruchtbar aufgrund der milden Vermischung von Hitze und Kälte; es gibt keine Ungerechtigkeit für den, der über ein und dasselbe Stück Erde geht, das derselben Kälte oder derselben Hitze oder derselben milden Vermischung von beidem unterworfen ist, und jedes Wesen, Mensch oder Tier, das einem anderen Wesen, Mensch oder Tier, in die Augen schauen kann, ist ihm ebenbürtig, denn sie gehen auf ein und derselben dünnen, flachen Breitengradlinie einher, sind Sklaven der gleichen Kälte und der gleichen Wärme, gleichermaßen arm und gleichermaßen reich; und die einzige Grenze, die es gibt, ist die zwischen Käufer und Verkäufer, doch sie ist schwankend, denn beide besitzen den Wunsch und den Gegenstand des Wunsches, Einbuchtung und Ausbuchtung zugleich, und darin liegt weniger Ungerechtigkeit als männlichen oder weiblichen Geschlechts zu sein bei Menschen oder Tieren. Darum borge ich mir vorläufig die Demut aus und überlasse Ihnen die Anmaßung, damit man uns voneinander unterscheiden kann in dieser Stunde, die unweigerlich ein und dieselbe ist für Sie und für mich.

Sagen Sie mir also, schwermütige Jungfrau, in diesem Augenblick, in dem Menschen und Tiere dumpf knurren, sagen Sie mir, was Sie wünschen und was ich Ihnen beschaffen kann, und ich werde es Ihnen sachte, ehrerbietig, vielleicht liebevoll beschaffen; danach, nachdem wir die Täler zugeschüttet und die Berge eingeebnet haben, die in uns sind, werden wir uns voneinander entfernen, im Gleichgewicht auf dem dünnen flachen Faden unseres Breitengrades, zufrieden inmitten der Menschen und Tiere, die dagegen aufbegehren, Menschen zu sein, und dagegen aufbegehren, Tiere zu sein; doch verlangen Sie nicht von mir, Ihren Wunsch zu erraten; ich wäre genötigt, alles aufzuzählen, was mir zu Gebote steht, um diejenigen zufriedenzustellen, die seit einiger Zeit, die ich hier bin, an mir vorübergehen, und die Zeit, die zu dieser Aufzählung notwendig ist, würde mein Herz vertrocknen und ohne Zweifel Ihre Hoffnung erlahmen lassen.

Der Kunde

Nicht an einem bestimmten Ort und zu einer bestimmten Stunde bin ich unterwegs; ich bin einfach nur unterwegs, ich gehe von einem Punkt zu einem anderen in privaten Angelegenheiten, die an diesen Punkten und nicht auf der Wegstrecke verhandelt werden; ich kenne keine Dämmerung und keinen Wunsch und ich will von den Unebenheiten meiner Wegstrecke nichts wissen. Ich ging von diesem erleuchteten Fenster dort oben hinter mir zu jenem anderen erleuchteten Fenster dort unten vor mir auf einer geraden Linie, die durch Sie hindurchführt, weil Sie sich mit Absicht auf sie hingestellt haben. Nun gibt es aber kein Mittel, durch das derjenige, der sich von einer Stufe auf eine andere Stufe begibt, es vermeiden kann, hinabzusteigen, um dann wieder hinaufsteigen zu müssen, mit der Sinnlosigkeit zweier Bewegungen, die sich aufheben, und mit dem Risiko, zwischen beiden bei jedem Schritt auf den Müll zu treten, der aus den Fenstern geworfen wurde; je höher man wohnt, desto gesünder ist der Platz, aber desto härter ist der Fall; und wenn der Fahrstuhl einen unten abgesetzt hat, ist man dazu verurteilt, sich inmitten all dessen zu bewegen, wovon man dort oben nichts wissen wollte, mitten in einem Haufen faulender Erinnerungen, so wie im Restaurant, wenn ein Ober einem die Rechnung schreibt und den angewiderten Ohren alle Gerichte aufzählt, die man schon lange verdaut.

Im übrigen hätte die Dunkelheit noch dichter sein müssen, und ich hätte nichts von Ihrem Gesicht gewahren dürfen; dann hätte ich mich vielleicht täuschen können über die Rechtmäßigkeit Ihrer Anwesenheit und des Umwegs, den Sie machten, um sich auf meinen Weg zu stellen, und hätte meinerseits einen Umweg machen können, der dem Ihren entsprochen hätte; doch welche Dunkelheit wäre tief genug, daß Sie darin weniger dunkel erschienen als die Dunkelheit selbst? Es gibt keine mondlose Nacht, die nicht Mittag zu sein scheint, wenn Sie darin umhergehen, und dieser Mittag zeigt mir zur Genüge, daß nicht die Willkür der Fahrstühle Sie hier abgesetzt hat, sondern ein unantastbares Gesetz der Schwerkraft, das Ihnen eigen ist, das Sie sichtbar auf den Schultern tragen wie einen Sack und das Sie mit dieser Stunde verbindet, an diesem Ort, an dem Sie seufzend die Höhe der Häuser abschätzen.

Was den Gegenstand meines Wunsches angeht, wenn es einen Wunsch gäbe, an den ich mich hier, in der Dunkelheit der Dämmerung, inmitten des Knurrens von Tieren, von denen man noch nicht einmal den Schwanz gewahrt, erinnern könnte, außer an diesen meinen sehr bestimmten Wunsch, daß Sie die Demut fallen lassen und mir nicht die Anmaßung zum Geschenk machen – denn wenn ich auch für die Anmaßung eine gewisse Schwäche habe, so hasse ich die Demut, an mir und an anderen, und dieser Tausch mißfällt mir –, so hätten Sie ganz bestimmt nicht das, was ich mir wünschen würde. Mein Wunsch, wenn es ihn gibt, würde Ihnen das Gesicht verbrennen, wenn ich ihn ausspräche, Sie würden mit einem Schrei die Hände zurückziehen und in die Dunkelheit flüchten wie ein Hund, der so schnell läuft, daß man nicht einmal mehr seinen

Schwanz gewahrt. Doch nein, die Verwirrung dieses Ortes und dieser Stunde läßt mich vergessen, ob ich jemals einen Wunsch hatte, an den ich mich erinnern könnte, nein, ich habe genauso wenig einen Wunsch wie ich Ihnen ein Angebot zu machen habe, und Sie werden einen Umweg machen müssen, damit ich keinen zu machen brauche, Sie werden die gerade Linie, der ich folgte, freigeben müssen, Sie werden sich davonmachen müssen, denn dieses Licht dort oben, oben an dem Haus, an das die Dämmerung herantritt, scheint unbeirrbar weiter; es durchdringt diese Dunkelheit, wie ein brennendes Streichholz den Lappen durchdringt, der es löschen soll.

Der Dealer
Zu Recht sind Sie der Ansicht, daß ich von nirgendwo herabkomme und daß ich keine Absicht habe, irgendwo hinaufzugehen, doch zu Unrecht würden Sie glauben, daß ich das bedauere. Ich meide Fahrstühle, wie ein Hund das Wasser meidet. Nicht, daß sie sich weigerten, mir ihre Tür zu öffnen, noch daß es mir widerstrebte, mich in sie einzuschließen; doch die fahrenden Aufzüge kitzeln mich, und ich verliere in ihnen meine Würde; und wenn ich mich auch gerne kitzeln lasse, so möchte ich doch, daß das Kitzeln aufhört, sobald meine Würde es erfordert. Es verhält sich mit den Fahrstühlen wie mit manchen Drogen, übermäßiger Gebrauch läßt einen abheben, nie oben und nie unten sein, gekrümmte Linien kommen einem vor wie Geraden, und das Feuer läßt man in seiner innersten Glut zu Eis erstarren. Indessen kann ich seit der Zeit, die ich an dieser Stelle bin, Flammen ausmachen, die von ferne hinter den Fensterscheiben so eiskalt wirken wie Winterdämmerungen, denen man sich aber nur sachte, vielleicht liebevoll zu nähern braucht, um sich daran zu erinnern, daß es kein völlig kaltes Schimmern gibt, und mein Ziel ist es nicht, Sie auszulöschen, sondern Sie vor dem Wind zu schützen und die Klammheit dieser Stunde an

der Wärme dieser Flamme zu trocknen.

Denn was Sie auch gesagt haben, die Linie, auf der Sie unterwegs waren, hat sich von der Geraden, die sie vielleicht war, in eine gekrümmte Linie verwandelt, als Sie mich sahen, und ich habe genau den Augenblick erfaßt, in dem Sie mich sahen, an eben dem Augenblick, an dem Ihr Weg zu einer Kurve wurde, und nicht zur Kurve, um Sie von mir zu entfernen, sondern zur Kurve, um auf mich zuzukommen, sonst hätten wir uns nie getroffen, sondern Sie hätten sich weiter von mir entfernt, denn Sie gingen zügig wie jemand, der sich von einem Punkt zu einem anderen bewegt; und ich hätte Sie niemals eingeholt, denn ich bewege mich nur langsam, ruhig, fast reglos, so wie jemand, der nicht von einem Punkt zu einem anderen will, sondern an einem unveränderlichen Platz demjenigen auflauert, der an ihm vorübergeht, und darauf wartet, daß er seine Bahn geringfügig verändert. Und wenn ich sage, daß Sie eine Kurve beschrieben, und wenn Sie ohne Zweifel behaupten werden, dabei habe es sich um einen Umweg gehandelt, um mir auszuweichen, und wenn ich dagegen aufrechterhalte, es sei eine Bewegung auf mich zu gewesen, dann ohne Zweifel darum, weil Sie letzten Endes keinen Umweg eingeschlagen haben, weil jede Gerade nur in bezug auf eine Ebene existiert, weil wir uns auf zwei verschiedenen Ebenen bewegen und weil allerletzten Endes nur die Tatsache existiert, daß Sie mich angeschaut haben und daß ich diesen Blick aufgefangen habe oder umgekehrt und daß sich insofern die Linie, auf der Sie sich fortbewegten, von der absoluten Linie, die sie war, in eine relative und komplexe Linie verwandelt hat, die weder gerade noch gekrümmt, sondern Schicksalslinie ist.

DER KUNDE
Doch ich habe nicht Ihnen zuliebe unerlaubte Wünsche. Mein Geschäft betreibe ich zu den offiziell dafür vorgesehenen Tages-

zeiten in offiziell anerkannten und von elektrischen Lampen erhellten Geschäftslokalen. Vielleicht bin ich eine Hure, aber wenn ich es bin, dann ist mein Bordell nicht von dieser Welt; meines liegt offen unter dem Licht des Gesetzes und schließt abends seine Pforten, es trägt das amtliche Siegel und wird erhellt von elektrischem Licht, denn selbst das Licht der Sonne ist nicht verläßlich und hat Launen. Was erwarten Sie von einem Mann, der keinen Schritt tut, der nicht offiziell erlaubt und besiegelt und rechtmäßig und bis in seine letzten Winkel von elektrischem Licht erhellt wäre? Und wenn ich hier bin, auf der Wegstrecke, in Erwartung, in der Schwebe, unterwegs, aus dem Spiel, praktisch abwesend, sozusagen nicht da – denn sagt man von einem Mann, der im Flugzeug den Atlantik überquert, er sei zu dem und dem Augenblick in Grönland, und ist er es wirklich, oder im sturmgepeitschten Herzen des Ozeans? –, und wenn ich einen Umweg gemacht habe, obwohl meine Gerade von dem Punkt, von dem ich herkomme, zu dem Punkt, zu dem ich hingehe, keinen, aber auch gar keinen Grund hatte, sich plötzlich zu krümmen, dann darum, weil Sie mir den Weg versperren, voller unerlaubter Absichten und voller Unterstellungen, was meine angeblichen unerlaubten Absichten betrifft. Sie sollen aber wissen: was mir auf der Welt am tiefsten zuwider ist, sogar noch mehr als die unerlaubte Absicht, mehr noch als das unerlaubte Tun selbst, ist der Blick desjenigen, der einem unterstellt, man sei voller unerlaubter Absichten und gewohnt, sie zu hegen; nicht nur wegen dieses Blickes als solchem, der indessen so trüb ist, daß er einen Bergbach trüben kann – und Ihr Blick würde selbst in einem Wasserglas Schlamm aufwirbeln –, sondern weil die Jungfräulichkeit, die in mir ist, allein schon durch das Gewicht, mit dem dieser Blick auf mir lastet, sich plötzlich vergewaltigt, die Unschuld sich schuldig fühlt, und die gerade Linie, die mich von einem Lichtpunkt zu einem anderen Lichtpunkt führen sollte, wird

Ihretwegen krumm und zum finsteren Labyrinth in dem finsteren Gelände, in dem ich mich verirrt habe.

Der Dealer
Sie versuchen, einen Stachel unter den Sattel meines Pferdes zu schieben, damit es scheut und durchgeht; doch wenn mein Pferd nervös und manchmal störrisch ist, dann halte ich es an straffem Zügel, und es geht so schnell nicht durch; ein Dorn ist keine Klinge, es kennt die Dicke seiner Haut und kann das Jukken verkraften. Doch wer kennt sich mit den Launen der Pferde völlig aus? Manchmal ertragen sie einen Stachel in ihrer Flanke, und manchmal läßt ein Stäubchen unter dem Geschirr sie schon ausschlagen und sich im Kreis drehen und den Reiter aus dem Sattel werfen.

Sie sollen also wissen, wenn ich zu dieser Stunde so mit Ihnen spreche, sachte, vielleicht noch ehrerbietig, dann nicht unter dem Zwang der Umstände, wie Sie unter dem Zwang der Umstände sprechen, in einer Redeweise, die Sie als denjenigen zu erkennen gibt, der Angst hat, eine kleine, stechende, unsinnige, überdeutliche Angst, ähnlich der Angst eines Kindes vor einer möglichen Ohrfeige seines Vaters, während ich die Redeweise dessen habe, der sich nicht zu erkennen gibt, die Redeweise dieser Gegend und dieses Teiles der Zeit, da die Menschen an ihren Leinen zerren und da die Schweine mit dem Kopf gegen die Umzäunung anrennen; ich halte meine Zunge im Zaum wie einen Hengst, damit er sich nicht auf die Stute stürzt, denn wenn ich den Zaum losließe, wenn ich den Druck meiner Finger und die Anspannung meiner Arme ein wenig lockern würde, würden meine Wörter mich selbst aus dem Sattel werfen und zum Horizont preschen mit dem Ungestüm eines Araberpferdes, das die Wüste riecht und durch nichts mehr zu zügeln ist.

Darum habe ich Sie vom ersten Wort an, ohne Sie zu kennen,

korrekt behandelt, vom ersten Schritt an, den ich auf Sie zu gemacht habe, einen korrekten, demütigen und ehrerbietigen Schritt, ohne zu wissen, ob irgend etwas an Ihnen Respekt verdient, ohne etwas von Ihnen zu kennen, das mir darüber hätte Aufschluß bieten können, ob der Vergleich zwischen Ihrem und meinem Status eine Grundlage dafür abgäbe, daß ich demütig bin und daß Sie anmaßend sind, ich habe Ihnen die Anmaßung überlassen angesichts der Stunde der Dämmerung, in der wir aneinander herangetreten sind, weil die Stunde der Dämmerung, in der Sie an mich herangetreten sind, diejenige Stunde ist, in der Korrektheit nicht mehr Pflicht ist und notwendig wird, in der nichts mehr Pflicht ist außer der Wildheit der Wesen untereinander in der Dunkelheit, und ich hätte auf Sie fallen können wie ein Lappen auf die Flamme einer Kerze, ich hätte Sie unverhofft am Hemdkragen packen können. Und diese notwendige, aber nichts besagende Korrektheit, die ich Ihnen entgegengebracht habe, bindet Sie an mich, und sei es nur darum, weil ich aus Stolz auf Sie hätte treten können, wie ein Stiefel ein Stück schmieriges Papier zertritt, denn ich wußte aufgrund der Körpergröße, die unseren ersten Unterschied ausmacht – und zu dieser Stunde und an diesem Ort macht die Körpergröße den Unterschied aus –, wir wissen beide, wer der Stiefel und wer das Stück schmieriges Papier ist.

DER KUNDE
Wenn ich es gleichwohl getan habe, dann sollen Sie wissen, daß ich mir gewünscht hätte, ich hätte Sie nicht angeblickt. Der Blick streift umher und senkt sich auf etwas und glaubt, auf neutralem und freiem Gelände zu sein, wie eine Biene auf einem Blumenfeld, wie das Maul einer Kuh in dem eingezäunten Geviert einer Wiese. Doch was tut man mit seinem Blick? Zum Himmel hochzublicken macht mich wehmütig und zu Boden zu starren macht mich traurig, einer Sache nachtrauern,

und sich erinnern, daß man sie nicht hat, ist beides gleichermaßen bedrückend. Also muß ich auf meiner Stufe geradeaus blikken, ganz gleich, welches die Ebene ist, die mein Fuß vorläufig betreten hat; darum traf mein Blick, als ich unter dem Zwang der Umstände dort ging, wo ich soeben ging und mittlerweile stehe, früher oder später auf jegliches Ding, das auf derselben Stufe wie ich lag oder ging; nun ist in der Entfernung und aufgrund der Gesetze der Perspektive jeder Mensch und jedes Tier vorläufig und näherungsweise auf derselben Stufe wie ich. Vielleicht besteht in der Tat der einzige Unterschied, durch den wir uns noch voneinander abheben, oder, wenn Sie lieber wollen, die einzige Ungerechtigkeit darin, daß der eine eine unbestimmte Angst hat vor einer möglichen Ohrfeige des anderen; und die einzige Ähnlichkeit oder, wenn Sie lieber wollen, die einzige Gerechtigkeit besteht darin, daß wir nicht wissen, in welchem Maß diese Angst geteilt wird, welches Maß an zukünftiger Wirklichkeit und welches jeweilige Maß an Heftigkeit diesen Ohrfeigen zukommt.

Insofern verhalten wir uns lediglich so, wie sich Menschen und Tiere für gewöhnlich zueinander verhalten in verbotenen und finsteren Räumen und Stunden, in die weder das Gesetz noch der elektrische Strom vorgedrungen sind; und darum, aus Haß auf die Tiere und aus Haß auf die Menschen, bin ich für das Gesetz und bin ich für das elektrische Licht, und ich habe Grund zu glauben, daß jedes natürliche Licht und jede ungefilterte Luft und die nicht regulierte Temperatur der Jahreszeiten die Welt zu einem Wagnis werden lassen; denn es gibt keinen Frieden und kein Recht in den Elementen der Natur, es ist kein Geschäft zu machen im unerlaubten Geschäft, es bleibt nur die Drohung und die Flucht und der Coup, ohne daß einer etwas kauft oder etwas verkauft, ohne gültige Währung und ohne Preisliste; Finsternis, Finsternis der Menschen, die sich in der Nacht ansprechen; und wenn Sie mich angesprochen haben, dann darum, weil Sie mich letztlich schlagen wollen; und wenn ich Sie fragen würde, warum Sie mich schlagen wollen, dann würden Sie mir, das weiß ich, zur Antwort geben, das habe einen geheimen Grund, den Sie für sich behalten wollen, den ich ohne Zweifel nicht unbedingt zu kennen brauche. Ich werde Sie denn auch nichts fragen. Redet man mit einem Ziegel, der vom Dach fällt und einem den Schädel zerschmettern wird? Man ist eine Biene, die auf die falsche Blume geflogen ist, man ist das Maul einer Kuh, die auf der anderen Seite des elektrischen Zauns grasen wollte; man schweigt oder man flieht, man empfindet Reue, man wartet, man tut, was man kann, sinnlose Beweggründe, Finsternis.

Ich habe den Fuß in eine Stallrinne gehalten, durch die wie die Jauche von Tieren Geheimnisse strömen; und aus diesen Ihren Geheimnissen und dieser Ihrer Dunkelheit ist die Regel hervorgegangen, derzufolge man sich als einer von zwei Männern, die einander begegnen, immer dafür entscheiden muß, der Angreifer zu sein; und ohne Zweifel müßte man zu dieser Stunde und an diesem Ort an jedes Wesen, Mensch oder Tier, auf das der Blick gefallen ist, herantreten, es schlagen und zu ihm sagen: ich weiß nicht, ob es in Ihrer Absicht lag, aus einem unsinnigen und geheimnisvollen Grund, den mir mitzuteilen Sie ohnehin nicht für notwendig erachtet hätten, mich selbst zu schlagen, doch wie dem auch immer sei, lieber habe ich es als erster getan, und mein Grund, auch wenn er unsinnig sein mag, ist zumindest nicht geheim: aufgrund meiner Anwesenheit und aufgrund Ihrer Anwesenheit und aufgrund der zufälligen Verknüpfung unserer Blicke stand die Möglichkeit im Raum, daß Sie mich zuerst schlagen, und ich wollte lieber der fallende Ziegel sein als der Schädel, lieber der elektrische Zaun als das Maul der Kuh.

Oder, wenn es wahr wäre, daß Sie der Verkäufer sind, der so geheimnisvolle Waren besitzt, daß Sie es ablehnen, sie offenzulegen, und ich kein Mittel habe, zu erraten, worum es sich handelt, und daß ich der Käufer bin mit einem so geheimnisvollen Wunsch, daß ich ihn selbst nicht kenne und ich, um mich zu vergewissern, daß ich ihn habe, an meiner Erinnerung kratzen müßte wie an einem Schorf, wenn Blut fließen soll, wenn das wahr ist, warum halten Sie sie weiter unter Verschluß, Ihre Waren, wo ich doch stehengeblieben bin, wo ich doch da bin und wo ich doch warte? Wie in einem dicken, versiegelten Sack, den Sie auf den Schultern tragen wie ein ungreifbares Gesetz der Schwerkraft, als ob es diese Waren nicht gäbe und als ob sie nur Bestand haben könnten, indem sie sich der Gestalt eines Wunsches anschmiegten; ähnlich den Schleppern vor den Stripteaselokalen, die einen am Ellbogen packen, wenn man nachts nach Hause geht, um zu schlafen, und die einem ins Ohr flüstern: heute abend ist sie da. Wenn Sie sie mir hingegen zeigen würden, wenn Sie Ihr Angebot benennen würden, ob es nun erlaubte oder unerlaubte Dinge sind, aber benannt und somit zumindest beurteilbar, wenn Sie sie mir benennen würden, wüßte ich nein zu sagen, und ich würde mir nicht mehr vorkommen wie ein Baum, der von einem Wind geschüttelt wird, der von nirgendwoher weht und seine Wurzeln erbeben läßt. Denn ich kann nein sagen, und ich sage gerne nein, ich vermag Sie mit meinem Nein zu blenden und Ihnen alle Möglichkeiten vorzuführen, wie man nein sagen kann, die mit allen Möglichkeiten anfangen, wie man ja sagen kann, wie die gefallsüchtigen Mädchen, die alle Hemden und alle Schuhe anprobieren, um sich für keine Sache zu entscheiden, und die Lust, mit der sie alles anprobieren, besteht ausschließlich in dem Vergnügen, alles zurückgehen zu lassen. Entscheiden Sie sich; zeigen Sie sich; sind Sie der Rowdy, der über das Pflaster stampft, oder sind Sie ein Kaufmann? In diesem Fall legen Sie zuerst Ihre Ware aus, und man wird sich die Zeit nehmen, sie anzuschauen.

Der Dealer
Eben weil ich ein Kaufmann sein will und kein Rowdy, sondern ein richtiger Kaufmann, sage ich Ihnen nicht, was ich besitze und was ich Ihnen anbiete, denn ich will keine Zurückweisung erleiden, etwas, was jeder Kaufmann am meisten auf der Welt fürchtet, denn sie ist eine Waffe, über die er selber nicht verfügt. So habe ich nie gelernt, nein zu sagen, und ich will es nicht lernen; aber alle Arten von Ja kenne ich: ja, warten Sie ein bißchen; warten Sie lange, warten Sie mit mir hier eine Ewigkeit; ja, ich habe es, ich werde es bekommen, ich hatte es und werde es wieder bekommen, ich habe es nie gehabt, aber ich werde es für Sie bekommen. Und man käme zu mir und würde sagen: angenommen, wir hätten einen Wunsch, wir gäben ihn offen zu, und Sie hätten nichts, um ihn zu befriedigen? Dann werde ich sagen: Ich habe das, womit er sich befriedigen läßt; wenn man mir sagt: stellen Sie sich jedoch einmal vor, Sie hätten es nicht? – Selbst in der Vorstellung habe ich es immer. Und man würde zu mir sagen: angenommen, dieser Wunsch sei letzten Endes solcher Art, daß Sie in keiner Weise auch nur den Gedanken haben möchten an das, womit er sich befriedigen läßt? Gut, selbst wenn ich es nicht möchte, dessen ungeachtet habe ich dennoch, was verlangt wird.

Doch je korrekter ein Verkäufer ist, desto teuflischer ist der Käufer; jeder Verkäufer sucht einen Wunsch zu befriedigen, den er noch nicht kennt, wohingegen der Käufer seinen Wunsch stets der vorrangigen Genugtuung unterordnet, das zurückzuweisen, was man ihm anbietet; so wird sein uneingestandener Wunsch angespornt durch die Zurückweisung, und er vergißt seinen Wunsch in der Lust, die es für ihn bedeutet, den Verkäufer zu demütigen. Aber ich gehöre nicht zum Schlag jener Kaufleute, die ihre Schilder umklappen, um die Lust der Kunden auf Wut und Empörung zu befriedigen. Ich bin nicht da, um Lust zu verschaffen, sondern um den Abgrund des

Wunsches zuzuschütten, um den Wunsch wieder aufzurufen, um den Wunsch zu nötigen, einen Namen zu tragen, um ihn auf die Erde zu zerren, um ihm eine Form und ein Gewicht zu geben mit der Grausamkeit, die unweigerlich damit verbunden ist, dem Wunsch eine Form und ein Gewicht zu geben. Und weil ich Ihren Wunsch auftauchen sehe wie Speichel in Ihrem Mundwinkel, den Ihre Lippen hinunterschlucken, werde ich warten, bis er Ihnen das Kinn herunterläuft oder bis Sie ihn ausspucken, bevor ich Ihnen ein Taschentuch reiche, denn wenn ich es Ihnen zu früh reichte, weiß ich, daß Sie es zurückweisen würden, und das ist ein Leiden, das ich nicht erleiden will.

Denn das, was Mensch oder Tier fürchten zu dieser Stunde, in der der Mensch auf derselben Stufe geht wie das Tier und in der jedes Tier auf derselben Stufe geht wie jeder Mensch, ist nicht das Leiden, denn das Leiden läßt sich ermessen, und die Fähigkeit, Leiden zuzufügen und zu ertragen, läßt sich ermessen; das, was sie vor allem fürchten, ist die Fremdartigkeit des Leidens, daß es ihnen widerfährt, ein Leiden zu erdulden, das ihnen nicht vertraut ist. So rührt der Abstand, der für immer und alle Zeit fortbestehen wird zwischen den Rowdies und den jungen Damen, die die Welt bevölkern, nicht aus der jeweiligen Einschätzung der Kräfte, weil die Welt dann sehr einfach nach Rowdies und nach jungen Damen aufgeteilt wäre, jeder Rowdy würde sich auf jede junge Dame stürzen, und die Welt wäre einfach; sondern das, was den Rowdy von der jungen Dame fernhält und für alle Ewigkeiten fernhalten wird, ist das unendliche Geheimnis und die unendliche Fremdheit der Waffen, wie jene kleinen Spraydosen, die sie in ihrer Handtasche tragen und deren flüssigen Inhalt sie den Rowdies in die Augen sprühen, um sie zum Weinen zu bringen, und plötzlich sieht man, wie die Rowdies vor den jungen Damen weinen, all ihre Würde dahin, nicht mehr Mensch, nicht mehr Tier, wie sie ein Nichts werden, nur Tränen der Scham auf der Erde eines Ackers.

Darum mißtrauen und scheuen die Rowdies und die jungen Damen einander gleichermaßen, weil man nur die Leiden zufügt, die man selbst ertragen kann, und weil man nur die Leiden fürchtet, die man selber nicht zufügen kann.

Schlagen Sie es mir also, ich bitte Sie, nicht ab, das Ziel Ihres Fieberns, Ihres Blicks auf mich zu sagen, mir den Grund zu sagen; und wenn es sich darum handelt, nicht Ihre Würde zu verletzen, nun gut, sagen Sie ihn, wie man ihn einem Baum sagt oder vor der Mauer eines Gefängnisses oder in der Einsamkeit eines Baumwollfeldes, in dem man nachts nackt umhergeht; ich bitte Sie, ihn mir zur zu sagen, ohne mich dabei auch nur anzuschauen. Denn die einzige wirkliche Grausamkeit dieser Stunde der Dämmerung, in der wir beide uns befinden, besteht nicht darin, daß ein Mensch den anderen verletzt oder ihn verstümmelt oder ihn foltert oder ihm die Glieder oder den Kopf ausreißt oder ihn sogar zum Weinen bringt; die einzige und schreckliche Grausamkeit ist die des Menschen oder des Tieres, die den Menschen oder das Tier unvollendet macht, die ihn unterbricht wie Auslassungspunkte in der Mitte eines Satzes, die Grausamkeit, die sich von ihm abwendet, nachdem sie ihn angeblickt hat, die aus dem Tier oder dem Menschen einen Fehlblick, ein Fehlurteil, einen Fehler macht, so etwas wie einen Brief, den man begonnen hat und dann unwirsch zusammenknüllt, sobald man das Datum hingeschrieben hat.

Der Kunde

Sie sind ein allzu seltsamer Räuber, der nichts stiehlt oder sich mit dem Stehlen allzu viel Zeit läßt, ein sonderbarer Dieb, der sich nachts in den Obstgarten schleicht, um die Bäume zu schütteln, und der sich davonmacht, ohne die Früchte aufzusammeln. Sie sind mit diesem Ort vertraut, und ich bin hier fremd; ich bin derjenige, der Angst hat und der zu Recht Angst hat; ich bin der, der Sie nicht kennt, der Sie nicht kennen kann, der lediglich Ihren Schattenriß in der Dunkelheit erahnt. Es war an Ihnen, etwas zu erraten, etwas zu benennen, und dann hätte ich vielleicht mit einer Kopfbewegung beigepflichtet, ein Zeichen hätte Ihnen Klarheit verschafft; aber ich will nicht, daß mein Wunsch für nichts ausgegossen wird wie Blut auf einer fremden Erde. Sie riskieren nichts; von mir kennen Sie die Unruhe und das Zögern und das Mißtrauen; Sie wissen, woher ich komme und wohin ich gehe; Sie kennen diese Straßen, Sie kennen diese Stunde, Sie kennen Ihre Pläne; ich aber kenne nichts, und ich riskiere alles. Vor Ihnen ergeht es mir wie vor jenen Männern, die sich als Frauen kostümieren, die sich als Männer verkleiden, man weiß am Ende nicht mehr, wo das Geschlecht ist.

Denn Ihre Hand hat sich auf mich gesenkt wie die des Räubers auf sein Opfer oder wie die des Gesetzes auf den Räuber, und seither leide ich, ohne zu wissen, ohne mein unentrinnbares Schicksal zu wissen, ohne zu wissen, ob ich verurteilt oder Mittäter bin, ich leide darunter, nicht zu wissen, worunter ich leide, ich leide darunter, nicht zu wissen, welche Verletzung Sie mir zufügen und wo das Blut aus meinem Körper fließt. Vielleicht sind Sie in Wahrheit gar nicht seltsam, sondern gerissen; vielleicht sind Sie nur ein verkleideter Diener des Gesetzes, wie das Gesetz sie nach dem Bild des Räubers hervorbringt, um den Räuber zu jagen; vielleicht sind Sie letzten Endes gesetzestreuer als ich. Und dann ist es wegen nichts, durch Zufall, ohne daß ich etwas gesagt oder etwas gewollt hätte, weil ich nicht wußte, wer Sie sind, weil ich der Fremde bin, der die Sprache nicht kennt, nicht die Gebräuche, nicht das, was hier verpönt oder üblich ist, weder Vorderseite noch Rückseite, und der handelt wie ein Geblendeter, Verirrter, dann ist es, als hätte ich etwas von Ihnen verlangt, als hätte ich von Ihnen das denkbar Schlimmste verlangt und was verlangt zu haben meine Schuld ausmachen wird. Ein Wunsch ist wie Blut zu Ihren Füßen aus mir hervorgeronnen, ein Wunsch, den ich nicht kenne und nicht anerkenne, den Sie als einzigen kennen und über den Sie zu Gericht sitzen.

Wenn dem so ist, wenn Sie mit der verdächtigen Eilfertigkeit des Verräters versuchen, mich zur Entscheidung zu zwingen, mit Ihnen oder gegen Sie zu handeln, damit ich mich in jedem Falle schuldig mache, wenn das zutrifft, dann gestehen Sie zumindest zu, daß ich noch nicht gehandelt habe, weder für Sie noch gegen Sie, daß man mir noch nichts vorwerfen kann, daß ich bis zu diesem Augenblick unbescholten geblieben bin. Sagen Sie für mich aus, daß ich mich nicht wohlgefühlt habe in der Dunkelheit, in der Sie mich angehalten haben, daß ich nur stehengeblieben bin, weil Sie Ihre Hand auf mich gelegt haben; sagen Sie für mich aus, daß ich nach Licht gerufen habe, daß ich mich nicht in die Dunkelheit geschlichen habe wie ein Räuber, aus freien Stücken und mit unerlaubten Absichten, sondern daß ich darin überrascht wurde und daß ich geschrieen habe wie ein Kind in seinem Bett, dem plötzlich die Nachttischlampe ausgeht.

DER DEALER

Wenn Sie glauben, ich hege Ihnen gegenüber die Absicht zur Gewalttätigkeit – und vielleicht haben Sie Recht –, dann ordnen Sie dieser Gewalttätigkeit nicht vorschnell eine Gattung oder einen Namen zu. Sie sind mit der Auffassung geboren, das Geschlecht eines Menschen verberge sich an einem ganz bestimmten Ort und dort bleibe es, und Sie behalten diese Auffassung sorgsam bei; ich indessen weiß – obwohl ich auf dieselbe Art geboren wurde wie Sie –, daß das Geschlecht eines Menschen im Laufe der Zeit, die er damit verbringt, zu warten, zu vergessen und alleine in der Einsamkeit zu sitzen, sich sachte von einem Ort zum andern verschiebt, nie an einem ganz bestimmten Ort verborgen, sondern dort sichtbar, wo man nicht danach sucht; und daß kein Geschlecht, wenn die Zeit verstrichen ist, in der der Mensch gelernt hat, sich hinzusetzen und sich ungestört in seiner Einsamkeit auszuruhen, einem anderen Geschlecht ähnelt, ebensowenig wie ein männliches Geschlecht einem weiblichen Geschlecht ähnelt; daß es für eine Sache wie diese keine Verkleidung gibt, sondern nur ein sanftes Zögern der Dinge wie bei den Jahreszeiten im Übergang, die kein als Winter verkleideter Sommer und kein als Sommer verkleideter Winter sind.

Doch eine Vermutung verdient nicht, daß man ihretwegen den Kopf verliert; mit seiner Phantasie muß man es machen wie mit seiner Freundin: wenn es auch gut ist, sie umherziehen zu sehen, so ist es doch töricht, sie den Sinn für das Schickliche verlieren zu lassen. Ich bin nicht gerissen, sondern neugierig; aus reiner Neugier hatte ich die Hand auf Ihren Arm gelegt, weil ich wissen wollte, ob einem Fleisch, das so aussieht wie das Fleisch eines gerupften Huhns, die Wärme des lebenden Huhns oder die Kälte des toten Huhns entspricht, und jetzt weiß ich es. Sie leiden – das sage ich ohne verletzende Absicht – unter der Kälte wie das halb gerupfte, lebende Huhn, wie das im genauen Wortsinn von Federausfallgrind befallene Huhn; und als ich klein war, rannte ich im Hühnerstall hinter ihnen her, um sie zu betasten und um aus reiner Neugier herauszufinden, ob ihre Temperatur die des Todes oder die des Lebens war. Heute, als ich Sie berührte, habe ich in Ihnen die Kälte des Todes gefühlt, aber ich habe auch das Leiden unter der Kälte gefühlt, so wie nur ein Lebender leiden kann. Darum habe ich Ihnen meine Jacke gereicht, um Ihre Schultern zu bedecken, da ich nicht unter der Kälte leide. Und ich habe nie unter ihr gelitten, und zwar so wenig, daß ich darunter gelitten habe, dieses Leiden nicht zu kennen, so sehr, daß der einzige Traum, den ich hatte, als ich klein war – einer dieser Träume, die kein Blick ins Offene sind, sondern ein zusätzliches Gefängnis, die der

Augenblick sind, da das Kind die Gitterstäbe seines ersten Gefängnisses wahrnimmt, wie diejenigen, die als Sklaven geboren sind, davon träumen, sie seien Herrensöhne –, mein Traum war es, den Schnee und den Frost kennenzulernen, die Kälte kennenzulernen, unter der Sie leiden.

Wenn ich Ihnen nur meine Jacke geliehen habe, dann nicht deswegen, weil ich nicht wüßte, daß Sie nicht nur am Oberkörper unter der Kälte leiden, sondern – und das sage ich ohne verletzende Absicht – von Kopf bis Fuß und vielleicht sogar noch ein bißchen darüber hinaus; und ich für meinen Teil wäre immer davon ausgegangen, daß man demjenigen, der gegen Kälte empfindlich ist, dasjenige Kleidungsstück abtreten muß, das der Stelle entspricht, an der ihn friert, auf die Gefahr hin, selber nackt dazustehen von Kopf bis Fuß und vielleicht noch ein bißchen darüber hinaus; doch meine Mutter, die keineswegs geizig war, aber Sinn für das Schickliche besaß, hat mir gesagt, es sei zwar löblich, sein Hemd oder seine Jacke oder jede sonstige Bedeckung des Oberkörpers herzugeben, doch müsse man jeweils lange zögern, bevor man seine Schuhe hergibt, und in keinem Fall sei es schicklich, seine Hose abzutreten.

Nun versuche ich, ebenso wie ich weiß – ohne daß ich sagen könnte warum, doch weiß ich es mit absoluter Gewißheit –, daß die Erde, auf der wir, Sie und ich und die anderen, stehen, selber im Gleichgewicht auf dem Horn eines Stiers ruht und von der Hand der Vorsehung in dieser Stellung gehalten wird, ohne genau zu wissen warum, doch ohne Zögern, innerhalb der Grenzen des Schicklichen zu bleiben, indem ich das Unschickliche meide, wie ein Kind es vermeiden muß, sich über den Rand des Daches zu beugen, noch bevor es das Fallgesetz begreift. Und ebenso, wie das Kind glaubt, man verbiete ihm, sich über den Rand des Daches zu beugen, um es am Fliegen zu hindern, ebenso habe ich lange geglaubt, man verbiete einem Jungen, seine Hose herzugeben, um ihn daran zu hindern, den Überschwang oder die Trägheit seiner Gefühle zu enthüllen. Doch heute, wo ich mehr Dinge begreife, wo ich mehr Dinge erkenne, die ich nicht begreife, wo ich so lange Zeit an diesem Ort und in dieser Stunde geblieben bin, wo ich soviele Passanten habe vorübergehen sehen, wo ich sie angeschaut und ihnen manchmal die Hand auf den Arm gelegt habe, so viele Male, ohne etwas zu begreifen und ohne etwas begreifen zu wollen, doch ohne darum darauf zu verzichten, sie anzuschauen und zu versuchen, die Hand auf ihren Arm zu legen – denn es ist leichter, einen Menschen, der vorübergeht, zu fangen, als ein Huhn im Hühnerstall –, weiß ich genau, daß es weder im Überschwang noch in der Trägheit etwas Unschickliches gibt, was es zu verbergen gälte, und daß man die Regel befolgen muß, ohne zu wissen, warum.

Darüber hinaus – und das sage ich ohne verletzende Absicht – hoffte ich, indem ich Ihre Schultern mit meiner Jacke bedeckte, Ihren Anblick für meine Augen vertrauter zu machen. Bei allzu viel Fremdheit kann ich schüchtern werden, und als ich Sie eben auf mich zukommen sah, habe ich mich gefragt, warum ein Mensch, der nicht krank ist, sich kleidet wie ein Huhn, das Grind hat und seine Federn verliert und weiter im Hühnerstall herumläuft mit ein paar Federn hie und da, die ihm die Krankheit noch gelassen hat; und aus Schüchternheit hätte ich mich ohne Zweifel damit begnügt, mich am Schädel zu kratzen und einen Umweg um Sie zu machen, wenn ich nicht in Ihrem starr auf mich gerichteten Blick das Leuchten desjenigen gesehen hätte, der im strengen Sinn des Wortes nach etwas verlangen wird, und dieses Leuchten hat mich von Ihrem Aufzug abgelenkt.

Der Kunde

Welchen Gewinn glauben Sie aus mir herausschlagen zu können? Jede Bewegung, die ich als Hieb auffasse, entpuppt sich als Streicheln; es ist beunruhigend, gestreichelt zu werden, wenn man geschlagen werden sollte. Ich verlange, daß Sie zumindest auf der Hut sind, wenn Sie wollen, daß ich mich noch länger aufhalte. Da Sie es zufällig darauf abgesehen haben, mir etwas zu verkaufen, warum zweifeln Sie nicht zunächst einmal daran, daß ich es auch bezahlen kann? Meine Taschen sind vielleicht leer; es wäre angemessen gewesen, mich zuerst aufzufordern, mein Geld auf den Tisch zu legen, wie man es bei zweifelhaften Kunden tut. Sie haben nichts dergleichen von mir verlangt; welche Lust bereitet Ihnen das Risiko, getäuscht zu werden? Ich bin nicht an diesen Ort gekommen, um Sanftmut anzutreffen; die Sanftmut ist etwas für Kleingewerbetreibende, sie geht stückweise an die Dinge heran, sie zerstückelt die Kräfte wie eine Leiche im Anatomiesaal. Ich bin auf meine Unversehrtheit angewiesen; die Feindseligkeit wird mich zumindest unangetastet lassen. Ärgern Sie sich, woraus sonst soll ich meine Kraft schöpfen? Ärgern Sie sich; wir bleiben näher an unseren Geschäften, und wir werden sicher sein, daß wir beide dasselbe Geschäft meinen. Denn wenn ich auch begreife, woraus ich meine Lust gewinne, so begreife ich doch nicht, woraus Sie die Ihre gewinnen.

Der Dealer
Wenn ich einen Augenblick daran gezweifelt hätte, daß Sie imstande sind, das zu bezahlen, wonach Sie hier suchen, dann hätte ich einen Umweg eingeschlagen, als Sie an mich herangetreten sind. Die gewöhnlichen Läden verlangen von ihren Kunden den Nachweis der Zahlungsfähigkeit, doch die Luxusgeschäfte haben Gespür und stellen keine Fragen, sie lassen sich nie so weit herab, den Betrag des Schecks und die Richtigkeit der Unterschrift zu überprüfen. Manche Gegenstände des Kaufs und des Verkaufs sind von der Art, daß sich die Frage erübrigt, ob der Käufer in der Lage sein wird, den Preis dafür

aufzubringen, oder wie lange er braucht, um sich zu entscheiden. Dementsprechend bin ich geduldig, denn man beleidigt niemanden, der davongeht, wenn man weiß, daß er wieder zurückkommen wird. Eine Beleidigung läßt sich nicht rückgängig machen, aber die eigene Freundlichkeit läßt sich sehr wohl rückgängig machen, und lieber ist man zu oft freundlich als nur ein einziges Mal beleidigend. Darum werde ich mich noch nicht ärgern, weil ich die Zeit habe, mich nicht zu ärgern, und ich die Zeit habe, mich zu ärgern, und weil ich mich vielleicht dann ärgern werde, wenn diese ganze Zeit verstrichen ist.

DER KUNDE
Und wenn ich – rein hypothetisch – zugäbe, daß ich – völlig lustlos – nur darum Anmaßung an den Tag gelegt habe, weil Sie mich gebeten haben, sie an den Tag zu legen, als Sie an mich herangetreten sind in irgendeiner Absicht, die ich noch nicht errate – denn ich bin zum Raten nicht begabt – und die mich dennoch hier festhält? Wenn ich Ihnen rein hypothetisch sagen würde, das, was mich hier zurückhält, sei die Ungewißheit, in der ich mich bezüglich Ihrer Absichten befinde, und der Reiz, der für mich darin liegt? In der Befremdlichkeit der Stunde und der Befremdlichkeit des Ortes und der Befremdlichkeit Ihrer Annäherung an mich hätte ich mich Ihnen genähert, getrieben von jener Bewegung, die jeglichem Ding unzerstörbar innewohnt, solange ihm nicht eine entgegengesetzte Bewegung aufgeprägt wird. Und wenn ich aus Trägheit an Sie herangetreten wäre? Hinabgezogen nicht von meinem eigenen Willen, sondern von jener Faszination, die Königssöhne empfinden, die sich in Gasthäusern mit dem Pöbel gemein machen wollen, oder das Kind, das heimlich in den Keller hinuntergeht, von der Faszination des winzigen, isolierten Gegenstandes durch den dunklen, undurchdringlichen Block im Schatten; ich wäre auf Sie zugekommen, hätte ruhig die Behäbigkeit im Pochen

des Blutes in meinen Adern an der Frage gemessen, ob diese Behäbigkeit aufgepeitscht oder völlig zum Versiegen gebracht werden würde; langsam vielleicht, aber voller Hoffnung, bar jedes benennbaren Wunsches, bereit, mich mit dem zu begnügen, was man mir anbieten würde, denn was auch immer man mir anbieten würde, es wäre gewesen wie bei der Furche eines allzu lange brachliegenden Ackers, sie macht keinen Unterschied zwischen den Saatkörnern, die auf sie fallen; bereit, mich mit allem zu begnügen, hätte ich in der Befremdlichkeit unserer Annäherung von ferne geglaubt, Sie würden an mich herantreten, von ferne hätte ich den Eindruck gehabt, daß Sie mich anschauten; daraufhin wäre ich an Sie herangetreten, ich hätte Sie angeschaut, ich wäre bei Ihnen gewesen, erwartet hätte ich von Ihnen zu viele Dinge, zu viele Dinge, nicht daß Sie sie erraten hätten, denn ich kann es selber nicht, ich kann selber nicht raten, aber ich erwartete von Ihnen sowohl die Lust am Wünschen als auch die Vorstellung eines Wunsches, den Gegenstand, den Preis und die Erfüllung.

DER DEALER

Es liegt nichts Beschämendes darin, am Abend das zu vergessen, woran man sich am Morgen erinnern wird; der Abend ist der Augenblick des Vergessens, der Verwirrung, des Wunsches, der so aufgeheizt ist, daß er zum Dampf wird. Jedoch der Morgen liest ihn auf wie eine große Wolke über dem Bett, und es wäre töricht, am Abend den morgendlichen Regen nicht vorherzusehen. Wenn Sie mir also rein hypothetisch sagen würden, daß Sie – aus Müdigkeit oder aus Vergeßlichkeit oder in einem Übermaß des Wunsches, das zur Vergeßlichkeit führt – bar jedes ausdrückbaren Wunsches sind, dann würde ich Ihnen als Gegenhypothese sagen, sich nicht weiter abzumühen und sich den Wunsch jemandes anderen auszuleihen. Einen Wunsch stiehlt man, doch man erfindet ihn nicht; nun hält die Jacke eines Mannes genauso warm, wenn sie von einem anderen getragen wird, und ein Wunsch läßt sich leichter ausleihen als ein Kleidungsstück. Da ich um jeden Preis verkaufen und da Sie um jeden Preis kaufen müssen, nun gut, dann kaufen Sie für andere als für sich selbst – jeder beliebige Wunsch, der sich frei herumtreibt und den Sie auflesen, ist dazu gut genug –, zum Beispiel um dem Wesen eine Freude und eine Genugtuung zu bereiten, das morgens neben Ihnen in Ihrem Bett aufwacht, einer Braut, die sich beim Erwachen etwas wünschen wird, was Sie noch nicht haben, was Sie ihr mit Freude schenken möchten und über dessen Besitz Sie glücklich sein werden, weil Sie es mir abgekauft haben. Es ist das Glück des Kaufmanns, daß es soviele verschiedene Personen gibt, die soviele Male auf soviele verschiedene Arten mit soviel verschiedenen Wesen und Dingen verlobt sind, denn das Gedächtnis der einen wird abgelöst von dem Gedächtnis der anderen. Und die Ware, die Sie mir abkaufen, kann sehr wohl irgend jemand anderem nützlich sein, wenn Sie – rein hypothetisch – keine Verwendung dafür haben sollten.

Der Kunde

Die Regel besagt, daß ein Mann, der einem anderen Mann begegnet, ihm am Ende immer auf die Schulter klopft und mit ihm über Frauen spricht; die Regel besagt, daß die Erinnerung an die Frau die letzte Zuflucht der abgekämpften Soldaten bildet; das besagt die Regel, Ihre Regel; ich werde mich ihr nicht unterwerfen. Ich will nicht, daß wir unseren Frieden in der Abwesenheit der Frau finden oder in der Erinnerung an eine Abwesenheit oder in der Erinnerung an irgend etwas überhaupt. Die Erinnerungen widern mich an und die Abwesenden ebenfalls; lieber als die verdaute Nahrung sind mir die Speisen, die noch unangetastet sind. Ich will keinen Frieden von irgendwoher; ich will nicht, daß wir den Frieden finden.

Doch der Blick des Hundes enthält nichts anderes als die Unterstellung, daß alles um ihn her ganz offensichtlich Hund ist. So behaupten Sie, die Welt, auf der wir, Sie und ich, uns befinden, werde durch die Hand der Vorsehung auf der Spitze des Horns eines Stiers gehalten; ich hingegen weiß, daß sie auf dem Rücken dreier Wale schwebt; daß es weder Vorsehung noch Gleichgewicht gibt, sondern nur die Laune dreier stumpfsinniger Ungeheuer. Unsere Welten sind also nicht dieselben, und unsere Fremdheit ist mit unserer Natur vermischt wie die Traube mit dem Wein. Nein, ich werde vor Ihnen, an der gleichen Stelle wie Sie, nicht die Pfote hochnehmen; ich unterliege nicht derselben Schwerkraft wie Sie; ich entstamme nicht demselben Weib. Denn nicht am Morgen wache ich auf, und nicht auf einem Lager schlafe ich.

Der Dealer

Ärgern Sie sich nicht, Väterchen, ärgern Sie sich nicht. Ich bin nur ein armer Verkäufer, der nur dieses Gelände kennt, auf dem ich warte, um etwas zu verkaufen, der nur das kennt, was seine Mutter ihm beigebracht hat; und da sie nichts oder fast nichts wußte, weiß auch ich nichts oder fast nichts. Aber ein guter Verkäufer versucht, das zu sagen, was der Käufer hören will, und um zu versuchen, das zu erraten, muß man schon ein bißchen an ihm lecken, um seinen Geruch wiederzuerkennen. Ihr Geruch war mir nicht vertraut, wir sind in der Tat nicht aus derselben Mutter gekommen. Doch damit ich an Sie herantreten konnte, habe ich unterstellt, auch Sie seien so wie ich aus einer Mutter gekommen, unterstellt, Ihre Mutter habe Ihnen wie mir Brüder gemacht in unermeßlicher Anzahl wie ein Schluckanfall nach einem reichlichen Mahl, und was uns auf alle Fälle einander nahebrächte, sei das Fehlen von Seltenheit, das uns beide kennzeichnet. Und ich habe mich zumindest an diese unsere eine Gemeinsamkeit festgeklammert, denn man kann lange durch die Wüste reisen, wenn man nur irgendwo ein Standquartier hat. Doch wenn ich mich getäuscht habe, wenn Sie nicht aus einer Mutter hervorgekommen sind und wenn niemand Ihnen Brüder gemacht hat, wenn Sie keine Braut haben, die morgens mit Ihnen im Bett aufwacht, Väterchen, dann bitte ich um Verzeihung.

Zwei Männer, deren Wege sich kreuzen, haben keine andere Wahl, als sich zu schlagen mit der Gewalttätigkeit des Feindes oder mit der Sanftmut der Brüderlichkeit. Und wenn Sie sich in der Wüste dieser Stunde schließlich dafür entscheiden, das wachzurufen, was nicht da ist, es wachzurufen aus der Vergangenheit oder aus dem Traum oder aus dem Mangel, dann darum, weil man einer allzu großen Fremdheit nicht unmittelbar gegenübertritt. Vor dem Geheimnis ziemt es sich, sich zu öffnen und sich ganz zu enthüllen, um das Geheimnis zu zwingen, sich seinerseits zu enthüllen. Die Erinnerungen sind die geheimen Waffen, die der Mensch anbehält, wenn er entblößt ist, die letzte Offenheit, die zur Erwiderung der Offenheit nötigt; sind die allerletzte Nacktheit. Ich gewinne dem, was ich bin, weder Stolz noch Beschämung ab, sondern weil Sie mir unbekannt sind und mit jedem Augenblick unbekannter, nun gut, wie meine Jacke, die ich mir ausgezogen habe und die ich Ihnen gereicht habe, wie meine Hände, die ich Ihnen waffenlos gezeigt habe, ob ich nun ein Hund bin und Sie ein Mensch sind, oder ob ich nun ein Mensch bin und Sie etwas anderes sind, welcher Abstammung auch immer ich bin und welcher Abstammung auch immer Sie sind, zeige ich meine zumindest offen Ihrem Blick, ich lasse Sie sie anfassen, mich abtasten und sich an mich gewöhnen, wie ein Mann sich durchsuchen läßt, um seine Waffen nicht zu verbergen.

Darum mache ich Ihnen besonnen, ernst, ruhig den Vorschlag, mich mit Freundschaft zu betrachten, denn man macht bessere Geschäfte im Schutz der Vertrautheit. Ich lege es nicht darauf an, Sie zu hintergehen, und verlange nichts, was Sie nicht geben möchten. Die einzige Kameradschaft, die es lohnt, daß man sich darauf einläßt, beinhaltet nicht, daß man auf eine bestimmte Weise handelt, sondern daß man nicht handelt; ich biete Ihnen die Reglosigkeit, die unendliche Geduld und die blinde Ungerechtigkeit des Freundes. Denn es gibt keine Gerechtigkeit zwischen denen, die sich nicht kennen, und es gibt keine Freundschaft zwischen denen, die sich kennen, genausowenig wie es eine Brücke gibt ohne Schlucht. Meine Mutter hat mir immer gesagt, es sei töricht, einen Regenschirm abzulehnen, wenn man weiß, daß es regnen wird.

Der Kunde
In Ihrer Gerissenheit wären Sie mir lieber als in Ihrer Freundlichkeit. Die Freundschaft ist kleinkrämerischer als der Verrat. Wenn es Gefühl gewesen wäre, was ich brauchte, dann hätte ich es Ihnen gesagt, ich hätte Sie nach seinem Preis gefragt, und ich hätte ihn bezahlt. Aber Gefühle lassen sich nur gegen ihresgleichen eintauschen; es ist ein falscher Handel mit falschem Geld, ein Kuhhandel, der den Handel nachäfft. Tauscht man einen Sack Reis gegen einen Sack Reis? Sie haben mir nichts anzubieten, darum stülpen Sie Ihre Gefühle auf die Theke, so wie schlechte Läden ihren Schund im Preis herabsetzen, und nachher hat man keine Möglichkeit mehr, sich über die Ware zu beklagen. Ich habe Ihnen kein Gefühl zum Tausch zu geben; über diese Währung verfüge ich nicht, ich habe nicht daran gedacht, sie mitzubringen, Sie können mich durchsuchen. Behalten Sie also Ihre Hand in Ihrer Tasche, behalten Sie Ihre Mutter in Ihrer Familie, behalten Sie Ihre Erinnerungen in Ihrer Einsamkeit, das ist das mindeste.

Nie und nimmer möchte ich diese Vertraulichkeit, die Sie heimlich zwischen uns herzustellen versuchen. Ich habe Ihre Hand auf meinem Arm nicht gewollt, ich habe Ihre Jacke nicht gewollt, ich will nicht das Risiko eingehen, mit Ihnen verwechselt zu werden. Denn Sie sollen wissen, wenn Sie eben über meine Kleidung überrascht waren und es für gut befunden haben, Ihre Überraschung nicht zu verbergen, so war meine eigene Überraschung zumindest ebenso groß, als ich Sie an mich herantreten sah. Aber auf fremdem Terrain wird es dem Fremden zur Gewohnheit, seine Verblüffung zu tarnen, weil er in jeder Absonderlichkeit eine Landessitte vermutet, und er muß sich daran anpassen wie an das Klima oder an die regionale Küche. Doch wenn ich Sie zu den Meinen führen würde, wenn Sie der Fremde wären, der dazu gezwungen ist, seine Verblüffung zu verbergen, und wir die Einheimischen, die sie frei äußern könnten, dann würde man Sie umringen und mit dem Finger auf Sie zeigen, man hielte Sie ganz sicher für eine Jahrmarktsattraktion, und man würde mich fragen, wo es die Eintrittskarten zu kaufen gibt.

Sie sind nicht hier, um Geschäfte zu machen. Eher hängen Sie hier herum, zum Betteln oder zum Diebstahl, der auf das Betteln folgt wie der Krieg auf die Unterhandlungen. Sie sind nicht hier, um Wünsche zu erfüllen. Denn Wünsche hatte ich, sie sind um uns zu Boden gefallen, man hat sie mit Füßen getreten; große, kleine, komplizierte, einfache, Sie hätten sich nur zu bücken brauchen, um Sie mit offenen Händen einzusammeln; doch Sie haben sie in die Gosse rollen lassen, weil Sie selbst die kleinen, selbst die einfachen nicht erfüllen konnten. Sie sind arm, und Sie sind hier nicht aus Lust, sondern aus Armut, Not, und Unwissenheit. Ich tue nicht so, als wollte ich fromme Bildchen kaufen oder für die armseligen Akkorde einer Gitarre an der Straßenecke bezahlen. Ich gebe Almosen, wenn ich Almosen geben will, oder ich bezahle, was die Dinge kosten. Doch die Bettler sollen betteln, sie sollen sich getrauen, ihre Hand aufzuhalten, und die Diebe sollen stehlen.

Ich will Sie weder beleidigen noch Ihnen nach dem Mund

reden; ich will weder gut noch böse sein, weder schlagen noch geschlagen werden, weder verführen, noch daß Sie mich verführen. Ich will Null sein. Ich scheue die Herzlichkeit, ich bin zur Kumpelei nicht berufen und mehr als die Gewalttätigkeit der Schläge fürchte ich die der Verbrüderung. Seien wir zwei runde, für einander undurchdringliche Nullen, die sich für eine Zeitlang gegenüberstehen und von denen jede in ihre eigene Richtung rollt. So sind wir allein, in der unendlichen Einsamkeit dieser Stunde und dieses Ortes, die keine bestimmbare Stunde und kein bestimmbarer Ort sind, weil es keinen Grund gibt, weswegen ich Ihnen darin begegne, und keinen Grund, warum Sie darin meinen Weg kreuzen, und keinen Grund zur Herzlichkeit und keine vernünftige Ziffer, die uns voraufgehen und uns einen Sinn geben könnte, seien wir einfache, einzelgängerische, stolze Nullen.

Der Dealer

Aber jetzt ist es zu spät: die Rechnung ist aufgemacht und muß beglichen werden. Es ist gerecht, den zu bestehlen, der nichts abgeben will und mißgünstig alles zu seinem einsamen Vergnügen in seinen Truhen hamstert, doch es zeugt von Gemeinheit, zu stehlen, wenn alles zu kaufen und zu verkaufen ist. Und wenn es auch vorübergehend schicklich ist, jemandes Schuldner zu sein – das bedeutet nur, daß ein gerechter Aufschub gewährt wird –, so ist es unanständig, etwas zu verschenken, und unanständig, darin einzuwilligen, daß man etwas umsonst bekommt. Wir haben uns hier eingefunden zum Geschäft und nicht zum Kampf, es wäre also nicht gerecht, wenn es einen Verlierer und einen Gewinner gäbe. Sie werden nicht mit vollen Taschen weggehen wie ein Dieb, Sie vergessen den Hund, der die Straße bewacht und Sie in den Arsch beißen wird.

Da Sie hierher gekommen sind, mitten in die Feindseligkeit der aufgebrachten Menschen und Tiere, um nichts Greifbares zu suchen, da Sie aus einem dunklen, mir unerfindlichen Grund verprügelt werden wollen, werden Sie, bevor Sie den Rücken kehren, bezahlen und Ihre Taschen leeren müssen, damit keiner dem anderen etwas schuldet und keiner dem anderen etwas gegeben hat. Seien Sie auf der Hut vor dem Händler: der Händler, den man bestiehlt, ist noch stärker auf sein Recht erpicht als der Besitzer, den man ausraubt; seien Sie auf der Hut vor dem Händler: sein Wort erweckt den Anschein von Ehrerbietung und Sanftmut, den Anschein von Demut, den Anschein von Liebe, nur den Anschein.

DER KUNDE
Was haben Sie denn verloren und ich nicht gewonnen? Denn ich kann mein Gedächtnis noch so anstrengen, ich habe nichts gewonnen. Ich bin bereit, zu zahlen, was die Dinge kosten; aber ich zahle nicht für den Wind, die Dunkelheit, das Nichts, das zwischen uns ist. Wenn Sie etwas verloren haben, wenn Ihr Besitzstand geringer ist, nachdem Sie mich getroffen haben, als er es vorher war, wohin ist dann das verschwunden, was uns beiden fehlt? Zeigen Sie es mir. Nein, ich habe nichts genossen, nein, ich werde nichts bezahlen.

DER DEALER
Wenn Sie wissen wollen, was von Anfang an auf Ihrer Rechnung stand und was Sie mir werden bezahlen müssen, bevor Sie mir den Rücken kehren, so werde ich Ihnen sagen, das sei das Warten und die Geduld und der Dienst, den der Verkäufer dem Kunden leistet, und die Hoffnung auf Verkauf, vor allem die Hoffnung, die aus jedem Menschen, der sich jedwedem Menschen mit einer Frage im Blick nähert, bereits einen Schuldner macht. Aus jedem Verkaufsversprechen folgt das Versprechen zu kaufen, und der, der das Versprechen bricht, muß Abstand zahlen.

Der Kunde

Wir, Sie und ich, sind nicht mutterseelenallein inmitten der Felder. Wenn ich nach dieser Seite rufen würde, in Richtung auf jene Mauer, dort oben, gen Himmel, dann würden Sie sehen, wie Lichter aufleuchten, wie Schritte sich nähern, wie Hilfe kommt. Wenn es schwer fällt, alleine zu hassen, so wird es zu mehreren ein Vergnügen. Sie vergreifen sich eher an Männern als an Frauen, weil Sie den Schrei der Frauen fürchten, und Sie vermuten, jeder Mann werde es unter seiner Würde finden, zu schreien; Sie zählen auf die Würde, die Eitelkeit, die Stummheit der Männer. Diese Würde schenke ich Ihnen. Wenn Sie mir Böses wollen, werde ich rufen, ich werde schreien, ich werde um Hilfe bitten, ich werde Sie jede Art von Hilferuf hören lassen, denn ich kenne sie alle.

Der Dealer

Wenn es nicht das Unehrenhafte der Flucht ist, was Sie am Fliehen hindert, warum fliehen Sie nicht? Die Flucht ist ein raffiniertes Kampfmittel; Sie sind raffiniert; Sie sollten fliehen. Sie sind wie die dicken Damen in den vornehmen Cafés, die sich zwischen den Tischen hindurchquetschen und dabei Kaffeekannen umstoßen: Sie ziehen Ihren Arsch hinter sich her wie eine Sünde, die Ihnen Gewissensbisse bereitet, und Sie drehen sich in alle Richtungen, um den Eindruck zu erwecken, Ihren Arsch gäbe es nicht. Aber Sie können sich noch so anstrengen, er wird trotzdem gebissen.

Der Kunde

Ich gehöre nicht zum Schlage derer, die als erste angreifen. Ich brauche Zeit. Letzten Endes wäre es vielleicht besser, uns gegenseitig die Läuse zu fangen als uns zu beißen. Ich brauche Zeit. Ich will nicht verunglücken wie ein unachtsamer Hund.

Kommen Sie mit mir; gehen wir hin, wo Leute sind, denn die Einsamkeit ermüdet uns.

Der Dealer

Da ist diese Jacke, die Sie nicht genommen haben, als ich Sie Ihnen gereicht habe, und jetzt werden Sie sich wohl bücken müssen, um Sie aufzuheben.

Der Kunde

Wenn ich indessen auf etwas ausgespuckt habe, dann habe ich auf allgemeine Dinge gespuckt und auf ein Stück Stoff, das lediglich ein Kleidungsstück ist; und wenn es in Ihre Richtung ging, so ging es doch nicht gegen Sie, und Sie mußten keine Bewegung machen, um der Spucke auszuweichen; und wenn Sie eine Bewegung machen, um sie ins Gesicht zu bekommen, aus Lust, aus krankhafter Neigung oder aus Berechnung, so bleibt doch die Tatsache, daß ich nur diesem Stück Stoff ein wenig Verachtung bezeigt habe, und ein Stück Stoff fordert keine Rechenschaft. Nein, ich werde vor Ihnen nicht den Rükken beugen, das ist unmöglich, ich bin nicht so gelenkig wie eine Jahrmarktsattraktion. Es gibt Bewegungen, zu denen der Mensch nicht fähig ist, zum Beispiel kann er sich nicht selbst am Arsch lecken. Ich werde nicht für eine Versuchung zahlen, die ich nicht hatte.

Der Dealer

Es ziemt sich nicht für einen Mann, seine Kleidung beleidigen zu lassen. Denn wenn die eigentliche Ungerechtigkeit dieser Welt die des Zufalls der Geburt eines Menschen ist, des Zufalls des Ortes und der Stunde, dann ist die einzige Gerechtigkeit seine Tracht. Die Kleidung ist einem Menschen noch heiliger als er sich selbst: sein Selbst, das nicht leidet; der Punkt des Gleichgewichts, in dem die Gerechtigkeit der Ungerechtigkeit die Waage hält, und diesen Punkt darf man nicht mißachten. Darum muß man einen Menschen nach seiner Kleidung beurteilen und nicht nach seinem Gesicht oder nach seinen Armen oder seiner Haut. Wenn es normal ist, auf die Geburt eines Menschen zu spucken, so ist es gefährlich, auf seine Auflehnung zu spucken.

Der Kunde
Nun gut, ich schlage Ihnen Gleichheit vor. Eine Jacke im Staub zahle ich mit einer Jacke im Staub. Seien wir gleich, gleich an Stolz, gleich an Ohnmacht, gleich waffenlos, gleichermaßen leidend unter Kälte und Hitze. Ihre halbe Nacktheit, Ihre halbe Demütigung zahle ich mit der Hälfte der meinen. Es bleibt uns die zweite Hälfte übrig, das reicht bei weitem aus, daß wir es wagen können, einander anzuschauen und zu vergessen, was wir beide aus Unachtsamkeit, im Wagnis, in der Hoffnung, in der Zerstreutheit, durch Zufall verloren haben. Mir verbleibt darüber hinaus die fortdauernde Unruhe des Schuldners, der schon bezahlt hat.

Der Dealer
Warum haben Sie das, wonach Sie abstrakt, ungreifbar fragen in dieser Stunde der Nacht, warum haben Sie das, wonach Sie einen anderen gefragt hätten, nicht mich gefragt?

Der Kunde
Seien Sie auf der Hut vor dem Kunden: er gibt sich den Anschein, nach einer Sache zu suchen, während er eine andere will, von der der Verkäufer nichts ahnt und die er schließlich bekommen wird.

Der Dealer
Wenn Sie fliehen würden, würde ich Sie verfolgen; wenn Sie unter meinen Schlägen zu Boden gehen würden, würde ich bei

Ihnen bleiben, bis Sie aufwachen; und wenn Sie sich entscheiden würden, nicht aufzuwachen, würde ich an Ihrer Seite bleiben, in Ihrem Schlaf, in Ihrer Bewußtlosigkeit und darüber hinaus. Dennoch wünsche ich nicht, mich mit Ihnen zu schlagen.

DER KUNDE
Ich habe keine Angst davor, mich zu schlagen, aber ich fürchte die Regeln, die ich nicht kenne.

DER DEALER
Es gibt keine Regel; es gibt nur Mittel; es gibt nur Waffen.

DER KUNDE
Versuchen Sie, mich zu treffen, es wird Ihnen nicht gelingen; versuchen Sie, mich zu verwunden: wenn das Blut fließen würde, nun, dann wäre es auf beiden Seiten, und unweigerlich wird das Blut uns verbinden wie zwei Indianer am Feuer, die zwischen wilden Tieren Blutsbrüderschaft schließen. Es gibt keine Liebe, es gibt keine Liebe. Nein, Sie werden nichts treffen können, was nicht schon getroffen wäre, denn zuerst stirbt ein Mensch, dann sucht er seinen Tod und trifft ihn schließlich zufällig auf dem gefährlichen Weg von einem Licht zu einem anderen Licht, und er sagt: Das war es also schon.

DER DEALER
Bitte, haben Sie im Lärm der Nacht nichts gesagt, was Sie von mir wünschten und das ich überhört hätte?

DER KUNDE
Ich habe nichts gesagt; ich habe nichts gesagt. Und Sie, haben Sie mir in der Nacht, in der Dunkelheit, die so tief ist, daß es allzu lange dauert, bis man sich an sie gewöhnt, nichts angeboten, was ich nicht erraten hätte?

DER DEALER
Nichts.

DER KUNDE
Also welche Waffe?